大方
sight

我们都是奥黛特

[法]埃里克–埃马纽埃尔·施米特 著

Eric–Emmanuel Schmitt

徐晓雁 译

中信出版集团 · 北京

图书在版编目（CIP）数据

我们都是奥黛特 / （法）埃里克-埃马纽埃尔·施米

特著；徐晓雁译 . -- 北京：中信出版社，2019.1

　　书名原文：Odette Toulemonde et autres

histoires

　　ISBN 978-7-5086-7781-1

　　Ⅰ . ①我… 　Ⅱ . ①埃… ②徐… 　Ⅲ . ①短篇小说－小

说集－法国－现代 　Ⅳ . ① I565.45

中国版本图书馆 CIP 数据核字〔2017〕第 146731 号

我们都是奥黛特

著　　者：[法] 埃里克-埃马纽埃尔·施米特

译　　者：徐晓雁

出版发行：中信出版集团股份有限公司

　　　　　（北京市朝阳区惠新东街甲 4 号富盛大厦 2 座　邮编　100029）

（CITIC Publishing Group）

承 印 者：浙江新华数码印务有限公司

开　　本：787mm×1092mm　1/32　　印　张：7.125　　字　数：112 千字

版　　次：2019 年 1 月第 1 版　　　　印　次：2019 年 1 月第 1 次印刷

京权图字：01-2017-4013　　　　　　广告经营许可证：京朝工商广字第 8087 号

书　　号：ISBN 978-7-5086-7781-1

定　　价：45.00 元

版权所有·侵权必究

如有印刷、装订问题，本公司负责调换。

服务热线：400-600-8099

投稿邮箱：author@citicpub.com

……这些花束本是为了寻找一颗心，但只找到一只花瓶。

　　　　　　　　　　　　——罗曼·加里①

　　　　　《过了这条界线你的车票不再有效》

① 罗曼·加里（1914—1980），法国著名作家、外交家，曾两次获得龚古尔文学奖。

目　录

婉达·温尼伯

Wanda Winnipeg

劳斯莱斯车内，一色真皮。真皮的，有司机的制服和手套；真皮的，有塞满后备箱的各种旅行箱和手提袋；真皮的，有系带的凉鞋，预告着一条纤细玉腿即将伸出车门外；真皮的，还有婉达·温尼伯的猩红色套裙。

　　门童弯腰致意。

　　婉达·温尼伯径直进门，不看一眼任何人，也不看随身行李是否跟上。事情怎么可能是别的样子呢？

　　酒店前台，柜台后的服务生战战兢兢，捕捉不到她墨镜背后的神情，只好说着客套话："欢迎，温尼伯夫人。您的下榻是我们皇家埃默罗德大酒店莫大的荣幸！我们将竭尽所能让您在这里住得满意。"

　　她接受这种毕恭毕敬的恭维就如接过一把别人找给她的硬币，并不搭理。服务生只管继续说下去，仿佛她也参与了谈话似的。

　　"美容区从早上七点开放到晚上九点，健身区和游泳池的开放时间也一样。"

她皱了皱眉头，领班有些慌张，赶紧补充说："当然，如果您有需求，我们可以根据您的时间作调整。"

酒店经理喘着粗气匆匆赶来，站到她身后："温尼伯夫人，您下榻我们皇家埃默罗德大酒店是我们多么大的荣幸！我们将竭尽所能让您在这里住得满意。"

因为他的套话和下属如出一辙，婉达·温尼伯并未在他的员工面前掩饰讥讽的微笑，似乎在说："你们老板也不怎么样啊，他的表现和你们半斤八两。"然后她转过身，伸手给他行吻手礼。酒店经理没有看出她的讥讽，一点都没有，因为她是这样优雅地回答：

"但愿我确实不会失望：玛蒂尔德公主竭力向我推荐你们的酒店。"

酒店经理本能地收拢脚跟，做了个既像军人行礼又像探戈舞演员谢幕似的动作。他刚刚明白接待婉达·温尼伯，不仅是接待世界上最有钱的富婆之一，也是接待一位周旋于达官贵人中的女人。

"您肯定认识罗伦佐·卡纳里吧？"

她做了个手势，介绍她的情人，那是一位留着似乎抹过发蜡的黑色长发的英俊男人。他点点头露出一丝笑容，恰到好处地扮演着女王丈夫的角色，需要表现得比女王更亲切些，为了让人明白他的地位在女王之下。

随后她转身朝套房走去，她很清楚人家会在她背后窃窃私语："我一直以为她要更高一些……多漂亮的女人啊！而且比照片上还要年轻，是不是？"

一进套房，她就觉得这里应该还不错。不过听酒店经理卖力吹嘘时，她还是不信任地撇撇嘴。房间足够大，两间大理石浴室，到处是鲜花，还有高档电视机和细木镶嵌的家具，但她还是不满意，万一她想要在某一把躺椅上打电话时，还是乐见露台上有一部电话机。

"当然了，夫人，您说得很有道理，我们立刻给您安装。"

她当然不会告诉他自己永远不会去用那部电话，她用手机。她不过是想在他走之前吓唬吓唬他，好让他服务得更周到。皇家埃默罗德大酒店经理指天发誓赶紧解决问题，然后躬身关上门离开了。

终于可以独处了，婉达仰靠在沙发上，让罗伦佐和房间女服务员把衣服收拾到衣柜里。她知道她总能镇住别人，她对此乐此不疲。因为她总是保留自己的看法，所以人家尊敬她；因为她一开口总是高调表达令人不快的评判，所以人家怕她。她的每一次出现都会引起骚动，绝不仅仅源于她的财富、名气和无可挑剔的美貌，还在于她坚持把自己包裹在一片传奇之中。

那么，她是怎么做到的呢？在她看来，可以总结为两个要点：善于结婚和善于离婚。

婉达通过结婚，一步步攀登社会阶层。最近的一次——那也有十五年了——成就了今天的她。与美国亿万富翁唐纳德·温尼伯的婚姻让她一下子成名，全世界的杂志都刊登了他们结婚时的照片。接着她离婚时，照片又上了杂志封面，这场商业价值和媒体关注度都在近些年名列前茅的离婚事件使她成为地球上最富有的女人之一。

从此，她过着自在的食利者的生活：婉达·温尼伯雇用非常能干的人打理她的财产，如果他们不称职了，她会毫不手软地叫他们滚蛋。

罗伦佐进来了，用他温暖的嗓音轻言细语："今天下午的安排是什么，婉达？"

"我们可以先跳到游泳池游一会儿，然后在房间里休息，你看怎么样？"

罗伦佐立刻把她的话解读成婉达的两道命令：陪她游两公

里，然后做爱。

"行，这些计划我都非常喜欢。"

婉达亲切地朝他笑笑：罗伦佐别无选择，但他优雅地假装着愉快服从。

他一边走向浴室一边灵巧地扭动腰部，让她欣赏自己修长挺拔的身材和腰部的弧线。她怀着些许淫荡的快乐想象着自己即将用力搓揉他阳刚的臀部。

我就喜欢男人身上的这个部位，谁管得着！

内心独白时，婉达使用简单的句子，那种通俗的语句揭示了她的出身。幸亏这些句子只有她自己才听得见。

罗伦佐穿着亚麻衬衫和紧身短裤走过来，准备陪她到浴池。婉达从没有过如此完美的伴侣：他不看其他任何女人，只同婉达的朋友们亲近，和她吃一样的东西，与她同时起床，始终保持着好脾气。不管他是真心喜欢这一切还是一切都不喜欢，他完成了他的角色。

盘点一番，他无可挑剔。当然了，我也不差。

这时，她在想的并不是他的身体，而是他的行为举止：如果说罗伦佐表现得像个专业的小白脸，她婉达也懂得如何对待一个小白脸。如果是几年前，面对罗伦佐的殷勤关切和无可指摘的态度，她可能会怀疑他是同性恋。今天对于罗伦佐到底是否喜欢男人，她并不太关心。只要在她有需求时，他能随时把她伺候好，这就够了，别无他求。她也不想知道，他是否像许多人那样，躲在洗手间用针筒注射什么东西，能让他在她面前永远生机勃勃……

我们女人是多么善于伪装……为什么我们就不能容忍他们偶尔也耍点小花招？

婉达·温尼伯已经抵达一位野心勃勃的女人一生中的幸福时刻，玩世不恭也终于变成了智慧：把自己从精神上的苛求中解放出来，享受生活本来的样子，享受男人们本来的样子，不再愤慨。

她看了看日程表，核实了假期的安排。婉达最恨无所事事，因此她总是安排好一切：慈善晚会、参观豪宅、与朋友会面、滑水远足、按摩、餐厅开业、夜总会剪彩、化装舞会，剩下机动的时间不多了，购物和午睡的时间都取消了。她所有的随从（包括罗伦佐）人手一份日程表，以防止那些讨厌的家伙浑水摸鱼混进温尼伯女士出席的场合或聚会。

可以放心了，她闭上眼睛。一股金合欢的香气开始打搅她。她有些不安，挺直身子担心地看看周围。一场虚惊，她是在自己吓自己。这种花香让她想起自己的一部分童年就是在这里度过。那时候她很穷，还不叫婉达。没人知道那些往事，永远也不会有人知道。她完全杜撰了自己的身世，设法让人相信她出生在俄罗斯的敖德萨①附近。她会讲的五种语言中带有的口音（这让她沙哑的嗓音更迷人），让人愈加相信这份传说。

她站起来，摇摇头，驱赶那些记忆。永别了，那些模糊的记忆！婉达掌控一切，她的身体，她的行为，她的生意，她的性生活，她的过去。她要度过一段非常美妙的假期。再说了，她花钱就是为了这个。

这一周过得简直完美。

他们在"精致"的晚宴和"美味"的午餐间穿梭，还不忘那些"神圣"的晚会。等待这些腰缠万贯阔佬们的，都是些大同小异的话题，婉达和罗伦佐谈论起来时已经头头是道，仿佛他们在这海滩已度过了整个夏季似的。他们谈论特权夜总会的好处；谈论丁字裤的重新走红，"多么滑稽的想法，不过如果有人愿意穿，是不是……"；谈论那个通过哑剧动作，猜电影名

---

① 敖德萨，历史上曾属俄罗斯，现属乌克兰共和国。——译者注，下同。

字的"精彩"游戏,"如果你看见尼克,就是想让我们猜《乱世佳人》……";谈论电动汽车,"亲爱的,开到沙滩上最合适了……";谈论破产的阿里斯托特·巴豪布鲁斯,尤其是可怜的斯维汤森家失事的私人飞机,"单引擎,亲爱的,当我们坐得起私人喷气式飞机时,你会去坐单引擎飞机吗?"

最后一天,是去坐法里内利的游艇。"对了,他就是那个意大利凉鞋之王,那种细巧的、在脚踝上系两道带子的凉鞋,大家都知道他,这东西人们只认他家的。"游艇载着婉达和罗伦佐在地中海平静的水面上游弋。

女人们很快明白这次海上兜风的目的了:不管什么年纪,一律到前甲板上去裸露自己,展露自己完美的容貌,结实的乳房,修长的身材和光滑无皱的大腿。婉达胸有成竹地等着节目开场,显然知道自己比别人高出一筹。罗伦佐示范般地以情人的火辣目光包裹着她。很有趣,不是么?婉达听到一些恭维的话,这让她心情不错。这种状态,再加上普罗旺斯桃红葡萄酒的几分酒意,她领着一群开心的富翁,坐"佐迪亚克"[①]游艇来到沙林海滩。

---

① Zodiac,一种橡皮游艇商标。

一张桌子在草编屏风的凉荫下为他们支起，那里坐落着一家餐馆。

"你们要看看我的画吗，女士们先生们？我的工作室就在沙滩那头，等你们想去的时候，我带你们过去。"

当然没人搭理这个谦卑的声音，这声音是从一个凑近他们但又保持适当距离的老头嘴里发出的。大伙继续笑着，大声说话，仿佛他根本就不存在。他也感觉到自己的受挫，因此又重新开始："你们要看看我的画吗，女士们先生们？我的工作室就在沙滩那头，等你们想去的时候，我带你们过去。"

这回，一阵不耐烦的静默说明大家注意到了这个讨厌的人。吉多·法里内利不满地朝餐馆老板看了一眼，老板马上领会，过去拽住老头的胳膊边呵斥边往外拉。

谈话继续进行，谁也没注意到婉达，她脸色发白。

她认出了他。

尽管岁月流逝，尽管容颜苍老——他现在有几岁了？八十？——在重新听到他的声音时，她颤抖了。

她想立刻摆脱这份回忆。她讨厌过去，尤其讨厌自己的过去，那贫穷的过去。自从她踏上此地之后，无时不回想起曾经常出入的沙林海滩，那片布满黑色岩石的被踩踏过无数遍的沙滩。那是很久之前，大家都已忘记的年代，她还不是婉达·温尼伯的年代。尽管她不愿意，回忆还是不可遏止地涌上心头，让她意外的是，这份回忆带给她的却是温暖的幸福感。

她转过身，悄悄注视着不远处的那个老头，餐馆老板给了他一杯茴香酒。他总是带着这种有点迷茫的神态，像一个不谙世事的孩子般惊讶。

哦，那时他就不是很聪明，现在也不会好到哪里去，可那时他是多么英俊啊！

她很惊讶自己居然脸红了。是的，她，婉达·温尼伯，一个以美元计数的亿万富婆，正感到某种热乎乎的东西在刺灼她的喉咙和脸颊，一如她十五岁时那样……

她有些慌张，生怕同桌的人看出她的不安，但没有人注意到这些，在桃红酒的浇灌下，谈话愈发热烈。

她带着微笑，选择不加入他们的谈话，她没有动，在墨镜的保护下，陷入回忆中。

那时她十五岁。根据她公开的身世，这个年纪的她应该是在罗马尼亚的某个卷烟厂工作。奇怪的是，没人想过要核实一下这个细节，这个细节很罗曼蒂克地把她变成了某个走出贫困之境的卡门。而实际上，几个月来她就生活在离此地、离福雷瑞斯①不远的地方，被安置在一个收留问题少年的机构里，那里的孩子大部分是孤儿。她从来没见过自己的父亲，但生母那时还活着。不过鉴于其生母反复发作的毒瘾，医生更愿意将她同她女儿分开，让她去戒毒。

婉达那时不叫婉达，叫马嘉丽，一个她讨厌的愚蠢名字，肯定是因为从来没有人带着爱意叫过这名字的缘故。那时她就想给自己取个不同的名字。那几年她叫什么来着？温迪？对，温迪，就像电影《彼得·潘》中的女主角那样。一条通向婉达的路，已经……

她像拒绝自己的名字一样拒绝自己的家庭，这两样东西对她来说是一种错误。很小的时候，她就感觉自己投错了胎，人家肯定在产房里把她抱错了：她感觉自己生来就是为了走向财富和成功的，而人家却把她流放到国道边兔子笼般的家，交到一个贫穷、吸毒、邋遢和冷漠的女人手里。那种因感命运不公而形成的愤怒构成了她的性格，她在以后岁月的所有经历就是

① 法国南部地中海沿岸的一个小城市，离尼斯不远。

为了报复，为了纠正这种错误：为了她出生时遭遇的不公，别人得加倍补偿她。

婉达明白，她必须独自应对。虽然她还没有很确切地想象过她的未来，但她知道不能把希望寄托在文凭上，她在这方面的运气已经被那些混乱无序的学习葬送了。而且自从她在商店里小偷小摸被送到教养所后，所遇到的老师更多关心他们的权威而不是关心教学内容。那些专业教员必须先驯服学生然后才教授知识。所以婉达认识到，唯有通过男人，她才能摆脱困境。她让男人感兴趣，这是显而易见的，而他们的感兴趣让她感到高兴。

只要一有机会，她就骑自行车从学校逃出来到海滩上。她开朗、好奇、渴望与人结识。她甚至让人家相信她和母亲就住在离这儿不远的地方。因为她很漂亮，人家信了她，把她当作是本地女孩子。

她渴望能和一个男人睡觉，就如其他同龄女孩渴望成功通过一次复杂的考试。用她的话来说，这是一张终结她痛苦青春期的文凭，让她可以走向真正的生活。但是她希望是同一个男人，一个真正的男人进行这次体验，而不是同她差不多年纪的小男生。那时候她已经野心勃勃，很怀疑一个十五岁的拖鼻涕小男孩能教给她什么东西。

　　她一丝不苟地研究了男性市场，后来她的一生都如此。那时候，在方圆五公里的区域内，有一个人浮出了水面：塞萨里奥。

　　婉达已经收集了那些选他做过情人的女人的悄悄话。塞萨里奥不但有古铜色的皮肤，运动员般的体魄和修长身材，在沙滩上晃来晃去的无可挑剔的身姿（尤其当他穿短裤时就更加诱人），而且他还喜欢女人，做爱时把她们搞得欲仙欲死。

　　"他什么都给你做，小姑娘，都做，仿佛你就是个女王！他到处吻你，到处舔你，咬你的耳朵、屁股，甚至你的脚趾头。他让你快活得浑身发抖，他能做好几个小时。他……听着，温迪，如此喜欢女人的男人，很显然，没别人，只有他。他唯一的缺点，就是不愿有所羁绊。这人骨子里就是个单身汉，我们中没有任何人能把他拴住。不过你看，这样一来我们也好办，我们都可以试试运气，甚至时不时地再续前缘，即使我们已经结婚了……哦，塞萨里奥……"

　　婉达观察着塞萨里奥，仿佛她必须选择一所大学。

　　她喜欢他。不仅是因为其他女人吹捧过他，而是他真的也让她喜欢……他的皮肤光滑细腻，就像化开的焦糖……金色泛绿的瞳孔，围着一圈珍珠般亮白的眼白……他淡黄的汗毛在逆光下闪着金色，如同身上笼上了一层闪亮光晕……他的身材修长匀称，尤其是他的臀部，紧收、有弹性、多肉、撩人。从背后凝视塞萨里奥，婉达第一次意识到她被男人的屁股所吸引，就如男人被女人的胸脯所吸引：一种欲念从她双腿间升腾，让她浑身发热。当塞萨里奥的臀部从她眼前晃过时，她忍不住想伸手去触碰一下，按压一下，爱抚一下。

可惜塞萨里奥不怎么关注她。

婉达陪他到他船边，同他开玩笑，邀请他喝杯饮料或来个冰激凌，玩个游戏……他总要花上几秒钟才回答她，礼貌中带点不悦："你很可爱，温迪，但我不需要你。"

婉达很恼火：也许他确实不需要她，但她需要他！他越是抗拒，就越是刺激着她对他的欲望：一定是要同他而不是任何其他人，她要这个贫穷但最英俊的男人来让自己成为真正的女人。以后有的是机会同那些有钱但是难看的男人睡觉。

有一天晚上，她给他写了一封长长的情书，充满火一样的热情，忠贞不渝和满怀期待。重念一遍时，她自己都被深深感动，毫不怀疑她能成功。他怎能拒绝如此的爱情炮弹？

等他收到信，她再次出现在他面前时，他一脸严肃，用一种冷冰冰的语调请她到栈桥上一起走走。他们面朝大海坐下来，脚伸到水里。

"温迪，你给我写这样一封信真是非常可爱，我感到很荣幸。你看上去是个好姑娘，非常热情……"

"你不喜欢我？你觉得我很难看，肯定是这样！"

他大笑起来："看看这头小老虎，一副准备吃人的样子！不，你非常漂亮，甚至太漂亮了，这就是问题所在，我不是个混蛋。"

"你这是什么意思？"

"你才十五岁，虽然看不出来，这倒是真的。但我知道你只有十五岁，你应该再等等……"

"如果我不想等呢……"

"如果你不想等，你想干什么就干什么，想和谁就和谁，但我劝你还是再等一等。你不能随随便便就做爱，也不能随便逮住谁就做。"

"就是因为这样我才选择了你！"

惊讶于年轻姑娘的率真大胆，塞萨里奥对她另眼相看起来。

"我很感动，温迪。你要知道如果你是个成年人，我会对你说'好的，我要你'，我发誓。我肯定立刻就这么说了。甚至都不用你开口，是我追在你身后。但你毕竟还没有成年……"

婉达哭成泪人，身体因伤心而颤抖不止。塞萨里奥试着用拘谨的动作安慰她，但当她想靠在他身上时，他又警惕地推开她。

几天后婉达回到海滩上，被他前几天的解释所鼓舞：他对她有兴趣的，她一定要得到他！

她考虑了一下目前的情形，决定先取得他的信任。

她摆出一副乖巧小女孩的模样，停止讨好他或骚扰他。她重新开始研究他，这回从琢磨他的心理着手。

三十八岁的塞萨里奥，在普罗旺斯一带是被人称作"游手好闲族"的那类人：一个英俊男人却分文不名，靠打点鱼过日子，只想着享受太阳、海水和女人，不考虑自己的将来。但其实不是这样的，塞萨里奥有一样爱好：画画。在他位于公路和大海之间的小木屋里，堆放了几十幅画在木板上的油画（他没钱买画布），老掉牙的画刷和一管管颜料。尽管没人会这么认为，但在塞萨里奥自己眼里，他就是画家。如果说他没有结婚，没有建立一个家庭，只是一个接一个换女伴，那是出于一种自我牺牲，是为了全身心地投入到他的艺术家使命中去，而不是出于猎艳——尽管所有人都那么认为。

遗憾的是，只要随便看一眼就能知道他收获的结果值不上所花费的心血：塞萨里奥只是炮制了一幅幅粗劣的画，既缺乏想象力也没有色彩感觉，没有画家该有的线条。尽管他费时无数，但几乎没什么进步，因为他沉迷画画却完全缺乏判断力：他把自己的优点当缺点，把缺点当优点。他将他的笨拙上升为一种风格；他又摒弃他在空间布局上自然体现出的平衡感，借口这样太过"保守死板"。

谁也没有把塞萨里奥的创作当回事，画廊不感兴趣，收藏家不感兴趣，海滩上的人也不感兴趣，更不要说他的情妇们了。但他认为这份漠视正好说明了他的天才，他要继续自己的道路直到被认可，也许要到死了之后。

婉达明白这一点，决定利用它。以后她一直保留着这种吸引男人的技巧，当恭维手段被用得恰到好处时，几乎无往而不胜。对于塞萨里奥，不应该恭维他的容貌，他自嘲自己的英俊，因为他很清楚这一点，并很好加以利用。对他，应该着眼他的艺术。

在啃完从学校图书馆借来的几本书（艺术史、绘画百科全书、画家生平），在充分武装好自己后，她又来找他聊天。很快，她说出他心里偷偷所想：他是一个背运的艺术家，类似梵高那般，遭遇同时代人的讥讽和嘲笑，但会在日后获得辉煌。

而在这个等待过程中，他一分钟都不该怀疑自己的天才。婉达总是在他乱涂乱画时陪伴他，对那些乱七八糟的色块和乱涂乱画的谵妄艺术，婉达俨然像个专家。

与婉达的相遇让塞萨里奥感动得热泪盈眶。他已经离不开她了，她体现了他以前不敢奢望的东西：红颜知己、代言人、缪斯女神。每天，他越来越需要她；每天，他忘记了她的年龄。

该发生的事情终于发生了，他坠入了情网。婉达比他先意识到这一点，她开始穿惹火性感的衣服。

她从他的眼神中看出，不碰她已经开始让他痛苦。因为他是个正直的男人，出于诚实他克制自己的欲望，尽管他的身体和灵魂都渴望亲吻婉达。

所以，她可以赐给他这份恩惠了。

有三天时间她忍着没来，那是为了让他担心和想念她。第四天晚上，夜里很晚了，她泪眼婆娑地出现在他的小木屋。

"太可怕了，塞萨里奥，我太不幸了！我真不想活了。"

"发生了什么事？"

"我母亲宣布说我们要搬去巴黎住，我们再也不能见面了。"

接下来的事不出她所料：塞萨里奥把她搂在怀里安慰她，她还是不能阻止悲伤，他也不能。他劝她喝几口酒定定神。几杯酒下肚后，在流了很多眼泪，在一起耳鬓厮磨了很多后，他实在不能控制自己，他们终于做爱了。

婉达喜欢极了这个夜晚的每分每秒。当地女孩说得一点都没错：塞萨里奥崇拜女人的身体。当他把她抱到床上时她感觉自己就像一位祭台上的女神，接受他献出的祭礼直到第二天早晨。

当然了，凌晨时她逃回去，晚上又来，仍然是惊慌失措，绝望无助的样子。在这几星期中，手足无措的塞萨里奥，极力想去安慰这个他爱着但又必须保持一定距离的少女，然后在许许多多的拥抱爱抚，在泪眼婆娑地亲吻眼睛亲吻嘴唇之后，最后他总是因为自己狂热地去爱这个少女，失去道德底线而感到慌乱不安。

当她感觉对于男人和女人的床笫之欢积累了百科全书般的知识后（因为他也教会了她怎样取悦男人），她消失了。

回到学校后，她不再给出音讯，又在其他几个男人身上完善了一下欢愉的技巧。之后她很高兴地得知她母亲死于一次吸毒过量。

自由了，她飞到巴黎，沉溺在夜生活中，并依靠男人的性器官，开始往上流社会的攀爬。

"我们坐船出海还是在沙滩租几个垫子？婉达……婉达！你在听我说话吗？我们坐船出去还是躺在沙滩的垫子上？"

婉达睁开眼睛，打量了一下因她的走神而困惑的罗伦佐，朗声道："我们去看看那个当地画家的画怎么样？"

"不会吧，那肯定很恐怖。"吉多·法里内利反对道。

"为什么不呢？也许会非常有趣！"罗伦佐接口。他不会放弃任何向婉达献媚的机会。

于是那群百万富翁认定这会是一次有趣的出游，他们跟着婉达，看她向塞萨里奥搭话道："是您建议我们参观您的工作室？"

"是的，夫人。"

"那我们可不可以利用现在的时间？"

老塞萨里奥过了几秒钟才回过神来，他已经习惯于被呵斥被粗暴地对待，所以他很惊讶有人这么礼貌地对他说话。

在餐馆老板抓住老头的胳膊告诉他谁是有名的婉达·温尼伯以及他有多么荣幸时，婉达看到了时间对这个曾经海滩上最英俊的男人的蹂躏。他头发稀疏灰白，现在为自己年复一年吸收了太多的日光而受苦。阳光磨损了他紧致的皮肤，把它们变成一片布满斑点、肘部和膝盖生着小脂肪粒的松弛皮囊。他的身体伛偻变粗了，没有了线条，找不到从前那个风光运动员般身材的人的任何影子。只有他的瞳孔仍保留着很少见的牡蛎般的绿色，不同的是它们不再闪闪发亮。

而婉达没有多少改变，她也不担心他会认出自己。头发染成金色，加上墨镜的保护，她低沉的嗓音和俄罗斯口音，尤其是她巨大的财富，她可以挫败任何认出她的企图。

她第一个走进小木屋，立即赞叹道："太棒了！"

她用一分钟时间快速影响了那群人：他们来不及用自己的眼睛去看那些拙劣的画，他们将通过她的眼睛来看。她似乎被每一幅画所征服，不断惊讶和赞叹。有半小时的时间，那个不苟言笑的婉达变得兴奋、健谈、充满热情。人家很少看到她这样，罗伦佐简直不相信自己的耳朵。

最为目瞪口呆的莫过于塞萨里奥，惶恐地说不出一句话。他自问眼前的一幕是不是真的发生。他原本等着冷酷的嘲笑或挖苦，以确认人家只不过是耍耍他。

现在的赞叹来自那些阔佬，婉达的赞美仿佛具有传染性。

"真的，这很特别……"

"这看上去有些笨拙，但却是精心构思过的。"

"杜阿尼耶·卢梭，梵高或罗丹带给他们同时代人的就是这种感觉，"婉达证实道，"现在别浪费这位先生的时间了。多少？"

"什么？"

"这幅画多少钱？我渴望把它挂在我纽约的公寓里，确切地说挂在我卧床对面的那堵墙上，多少钱？"

"我不知道……一百？"

报出这个数目后，塞萨里奥立刻后悔了：他要得太多了，他的希望很快要破灭了。

一百美元对婉达来说，就是明天塞给旅馆门童的一张小费，而对他来说，可以拿来还颜料店老板的账。

"十万①美元？"婉达接口道，"我感觉还算公道，我买了。"

塞萨里奥耳朵嗡嗡作响，差一点晕倒，他自问是否听错了。

"这一幅呢，您给我同样的价格吗？它会提升我在马贝拉的那堵白墙的品位……哦，求您了……"

他机械地点点头。

那个爱虚荣的吉多·法里内利知道婉达一向以富有投资天赋著称，他担心错过了投资的好机会，看中了另一幅画。当他

----

① 法语中，十万用一百个"千"来表述。

想讨价还价的时候，婉达阻止了他："亲爱的吉多，行了，当我们面对这样的天赋时，不能斤斤计较。拥有金钱是件很容易也很庸俗的事情，而拥有一份天赋……这天赋……"

她转向塞萨里奥："这就是命运！一种责任！一种使命。一生的困苦都值得。"

因为时间到了，她放下支票，说好她的司机今天晚上会来取画，然后留下塞萨里奥，目瞪口呆，嘴角露着白沫。他一生梦想的场景终于发生了，现在却不知道要怎样回答，他仅仅是坚持住没有昏过去。他想哭，他非常想拉住这位漂亮的女人，告诉她，在没有任何人关注和认可的情况下，走过这八十年，是多么艰难啊。他想对她承认多少个夜晚他一个人泪流满面，对自己说也许说到底他真的就是个可怜虫。多亏了她，他洗刷了自己的贫穷、怀疑，他终于可以相信他的勇气并非毫无用处，他的执著没有付之东流。

她向他伸过手去："太棒了，先生，我非常自豪能够认识您。"

这是个美丽的雨天 一

C'est un beau jour de pluie

天色阴沉，她看着雨丝飘落在朗德省的森林里。

"多么倒霉的天气！"

"你错了，亲爱的。"

"什么？你伸出头来看看，你看天就像漏了一样！"

"正因为如此。"

他在露台上跨前一步，凑近露台边缘雨丝下的花园，鼓胀起鼻翼，竖起耳朵，扬起头来美美地感受拂面而来的湿润。他半闭眼睛朝水银般的天空使劲吸口气喃喃道："这是个美丽的雨天。"

他看上去是真诚的。

这一天，她确定了两件事：他深深刺激了她；还有，如果她能够，她将永远不离开他。

埃莱娜不记得她有过什么满意的时候。从小，她的举止就令父母头疼：她不停地整理房间，衣服只要有一丁点儿污渍就要更换，辫子一定要编到两边完全对称了才罢休；人家带她去看芭蕾舞《天鹅湖》时，她讨厌得发抖，因为只有她注意到舞蹈演员的列队不整齐，芭蕾舞演员的短裙不是同时落下，每次总有一名女演员（从来不是同一个！）破坏了整齐性；在学校里，她非常小心照看自己的东西，如果某个笨手笨脚的同学还她一本折了边角的书，都会让她眼泪汪汪。在她内心深处，那就是扯掉了她对于人的一层脆弱的信任。少女时代，她就得出结论，造物主也并不比人类好多少，因为她发现自己两个乳房的形状（用通常的目光看是很迷人的）并不完全相同；发现她的一只脚穿三十八码而另一只穿三十八点五码；发现尽管她很努力，身高还是没能超过一米七一（一米七一，这算是什么数字？）。成年后，她漫不经心地学习法律，更多是为了寻找结婚对象而流连于校园的长椅。

很少有女孩子像埃莱娜那样积累了如此多的艳遇。那些情人收集记录可以与她相媲美的女人，要么是出于对性的贪婪，要么是出于情绪不稳定，而埃莱娜的收集则完全出于完美主义。每个新男友一开始都让她觉得，这一个，终于找对了。在相遇的好奇中，在初始接触的魅力中，终于有个人能给她带来梦寐以求的理想品格。但几天或者几夜后，幻觉消失，他对她呈现出了本来的面目。于是，她用与吸引他时同样的坚决，将他抛弃。

埃莱娜苛求两种对立的东西同时存在：理想主义和理性清晰。这让她痛苦不已。

以每周换一位白马王子的节奏，到最后她厌恶自己也厌恶男人。十年间，那个充满热情和天真的女孩，变成一个三十来岁玩世不恭看破一切的女人。幸运的是她的外貌没有带上任何上述痕迹，她的金发让她光彩照人，她的运动活力也被视为一种活泼，她光洁的皮肤仍保留着天鹅绒般的光泽，让人忍不住想去亲吻。

当安托万在一次律师调停会上看见她时，一下子就爱上了她。她容忍他对自己的热烈追求，因为她对他无所谓。他三十五岁，不俊也不丑，友善，浅褐色的皮肤、头发和眼睛。只有他的身材比较引人注目，几乎两米高。他似乎很为自己超出同时代人的身高而歉疚，所以总是面带笑容，微缩起肩膀。人家一致认为他的脑袋装备精良，但没什么智商能让埃莱娜大惊小怪，因为她认为自己也不缺乏这些。用潮水般的电话、诙谐信件、花束和有趣晚会的邀请，他的追求显得风趣、专一、活泼，以致埃莱娜允许他以为自己吸引了她。一小部分原因是她也有些无所事事，很大一部分原因是，她以前的一大堆男友中，还从未逮到过如此高大的家伙。

他们一起上床了。这件事带给安托万的幸福感和埃莱娜从中感受到的愉悦其实没什么关系，但她还是容忍继续下去。

他们之间的关系维持几个月了。

听上去，他深深坠入了情网。只要他带她去餐馆，就忍不住沉浸到对未来的遐想中：这个全巴黎都很抢手的律师，希望她能成为他的妻子和孩子们的母亲，而埃莱娜却微笑不语。出于尊重或出于害怕，他不敢逼她回答。她到底怎么想的呢？

实际上她也不知道该怎么回答。诚然，这一段关系较之往常已经更持久，但她不想承认也不想从中得出什么结论。她觉得他——怎么说呢——"令人愉快"，对，她不想选择分量更重或更热烈的词汇来定义她眼下的感觉，这种感觉让她留下他，不马上分手。因为她很快也会把他推开的，现在为什么要着急呢？

为了让自己放心，她历数了安托万的缺点。相貌上，他的削瘦是假象，脱下衣服后，他长长的身体上有一个孕妇般隆起的小腹，而且毫无疑问，以后会越来越大；性生活上，他让这件事延长时间而不是多次进行；智力上，尽管他的文凭和职业生涯已证明了其出色性，但他外语讲得比她逊色得多；精神上，他显得自信，又质朴得有点天真……

然而这些瑕疵没一样能构成立即和他断交的理由，这些不完美反而让埃莱娜有些感动。他生殖器和肚脐之间的那块小小脂肪垫，倒像是他庞大男性骨骼上让人心安的一片绿洲，她喜欢把头枕在上面。从此，慢慢享受愉悦，然后来一场香甜的睡眠，比起同某个种马般的家伙不太默契地折腾一夜，用短暂的快感把睡眠切割得断断续续，她觉得现在这样更适合自己。他尝试使用外语时的小心翼翼与他使用母语时的绝对完美倒是十分相称。至于他的天真单纯，她先搁置一边。在社会上，埃莱娜首先发现的是人们的平庸，他们的狭隘、卑怯、嫉妒、没有安全感和懦弱。很可能因为她自身就具有这些特质，所以她能从别人身上强烈地认出它们来。而安托万对人有一种高贵的关切，赋予人有价值的理想的动机，仿佛他从来没有揭开过哪个灵魂的盖子，去看看里面有多么臭气熏天和蠢蠢欲动。

因为她总是推诿同双方父母的见面，他们的周六和周日基本是在城里消磨：电影、戏剧、餐馆，或在书店和各种展览中度过。

五月份，连续四天的假期让他们动了出行的念头：安托万邀请她去朗德省的一家别墅式旅馆，旅馆就靠着一片松树林和白色沙滩。早已厌倦了自己家没完没了在地中海的度假，埃莱娜很高兴可以去看看真正的大洋，去看看那里的滔天海浪，欣赏身手矫健的冲浪手。她甚至还想过要到裸体主义沙滩上把自己晒成古铜色……

遗憾的是刚吃过早饭，预报的暴风雨就开始了。

"这是个美丽的雨天。"他靠在面向院子的栏杆上这么说道。

而她却感觉像被突然关在了雨帘后面的监狱里，不得不要捱过好几个小时的无聊。但他却用与等待阳光灿烂的一天同样的心情来对待这样一天。

"这是个美丽的雨天。"

她问他一个下雨天到底有什么美丽可言，他给她列举了天空、树木或屋顶会出现的细微颜色变化，如果他们马上去散步的话；给她列举大西洋会呈现给他们的狂野，散步路上让他们紧紧相偎的撑开的雨伞；给她列举享受躲进某个地方喝一杯热茶在火上烤干湿衣服的乐趣；忧郁可以慢慢流走，可以有机会做爱好几次，有时间在床上在被子底下讲述他们的生活，就像在狂暴大自然中躲在帐篷里的两个孩子……

她听他说着。他所体会的那种幸福对她有些抽象，她不能感受到。但一种抽象的幸福总好过没有，她决定信他一回。

这一天她试着走进安托万的视角。

在附近村庄散步时，她强迫自己与他关注同样的细节，关注那些古老石墙而不是残破的檐槽；关注石阶路的魅力而不是它的不舒适；关注橱窗的稚拙风格而不是它的可笑之处。当然面对制陶工的工作（在到处可以找到塑料生菜盆的二十一世纪，还去搓揉一团泥巴），她还是无法入迷；也无法被柳条筐的编制（这让她想起中学时代不堪回首的手工课上，老师要求他们在父亲节或母亲节所做的平庸礼物）所倾倒。她吃惊地发现安托万对古董店也安之若素，他估量着那些古董的价值，而她却想到了死亡。

暴雨间歇时的风还没来得及把沙滩吹干，他们散步时她一脚陷入像正在凝固的水泥般沉重的沙堆里，她不由咒骂道："下雨天的海，见鬼去吧！"

"那你到底喜欢什么呢？大海还是太阳？水在这儿，地平线在这儿，浩瀚无边也在这儿！"

她承认以前很少关注大海和海岸线，她更关注享受阳光。

"你的视角很贫乏，把风景只局限于阳光。"

她承认他说得有道理。她也不是没有气恼，但她慢慢感觉到这世界在他的怀抱里，对他要比对她丰富得多，因为他总是会去寻找一些惊喜的机会，而且他真的找到了。

午餐时分，他们在一家乡村餐馆坐下。餐馆虽然高档，走的却是民俗风格。

"你没感觉不舒服吗？"

"什么？"

"这个餐馆，这些家具、餐具、装修，太不真实了，这种装修就是对付你这样的游客，你这样的上钩者。虽说是高档旅游，但总归是旅游业！"

"可这个地方是真实的，这里的菜肴也是真实的，而我真实地想和你在一起。"他的诚恳让她无话可说，但她还是坚持道：

"这样说来，这里就没什么让你不舒服的地方？"

他悄悄向周围环视了一圈："我觉得这里气氛令人愉快，那些人很可爱。"

"那些人很恐怖！"

"你说什么呀，他们都很正常。"

"看，那个女招待，她简直可怕。"

"得了，她二十岁。她……"

"不，你看她有点斗鸡眼，小眼睛，眼距太小。"

"哦，那又怎样？我根本没有注意到，我觉得她自己也没有注意到，她看上去对自己的魅力很自信。"

"幸亏这样，否则她早该自杀了。再看这一个，伺酒师，他一侧缺了颗牙齿。你没注意到他和我们说话时我都没法看着他？"

"行了，埃莱娜。你不会因为一个人缺了颗牙齿，就不许自己同他说话吧？"

"是这样。"

"得了，他不会因此低人一等而不值得你尊重。你在逗我，人性不会取决于一口完整无缺的牙齿吧。"

当他把她的这些挑剔上升到适才的理论性断言，她感觉自己再坚持就显得有些粗鲁了。

"还有什么？"他问道。

"比如，邻桌的那几个人。"

"他们怎么了？"

"他们很老了。"

"这是一个缺点吗？"

"你想我也变成这个样子吗？皮肤松弛，小肚子鼓起，乳房下垂？"

"如果你允许的话，我想在你老的时候仍然爱你。"

"别胡说八道了，看那个小姑娘，那边。"

"什么，这个可怜的小姑娘又怎么啦？"

"她看上去像个泼妇，没有头颈。你看，当人家见到她父母时，应该要抗议这一点……"

"什么，她父母？"

"那父亲肯定戴着假发，母亲有甲状腺肿。"

他大笑起来，他不相信她真这么想。他认为她抓住这些细节只是为了丰富一下某个好玩的滑稽小段子，但埃莱娜确实为这些看在眼里的事情感到不舒服。

当一个十八岁头发飘逸的男孩给他们端来咖啡的时候，安托万凑近她："那么他呢？这可是个帅哥，我看不出你有什么可指责他的地方。"

"你没看到吗？他皮肤油腻，鼻子上有黑头粉刺，毛孔粗大扩张！"

"但我想这一带的女孩肯定会追在他屁股后面。"

"而且他看上去只是个'表面干净'的人，注意了，卫生状况可疑！脚趾有甲沟炎。对他，你可以放心，脱衣服时说不定还有什么意外发现呢。"

"这你就胡说八道了，我明明闻到他身上的香水味。"

"这就对了，很不妙的信号！干净的男孩是不会浸泡在香水里的。"

她差一点想加上一句："相信我，我知道自己在说什么。"但她咽下了这句暗示她曾经有过诸多男人的话。不管怎样，她吃不准安托万知道多少她的过去。运气还算不错，他来自另一所大学。

她刚闭上嘴他就大笑起来。

时间一点点过去，她感觉自己如同在一根悬空的钢丝上行走，稍不小心就会掉入烦恼的深渊。好几次她已经看到了烦恼的深度，他抓住了她，命令她跳起来跟上自己。她强忍着这份眩晕，这种想要坠落的冲动。她因此紧紧抓住安托万这种百折不挠的乐观主义，总是面带微笑给她描述他感受到的世界，她依赖他这种充满阳光的信心。

傍晚时分他们回到别墅，做了很长时间的爱，他竭尽全力使她满足，击退了她的不愉快。她对那些令她恼火的细节闭上眼睛，全身心投入到做爱中去。

黄昏时，她终于筋疲力尽，而他根本没意识到她这一天内心所进行的艰难斗争。

室外狂风像要折断桅杆一样吹过松树林。

晚上，照着烛光，在好几百年的油漆横梁天花板下，他们喝着一种很上头的葡萄酒，名字听上去就让人满口生香。他问她道："冒着成为全世界最不幸男人的风险，我要你回答我：愿不愿意做我一辈子的妻子？"

她几乎要崩溃了。

"不幸，你？你不可能感到不幸，你对什么事都觉得很好。"

"我向你发誓，如果你的回答是不愿意，我会非常痛苦。我把希望寄托在你身上了，只有你，才有权让我感到幸福或者不幸。"

一般说来，这些话稀松平常，是求婚时都会说的套话……但这些话从他嘴里说出来，来自这个充满活力、两米高、九十公斤重且随时都快乐着的身躯，还是让她感到很受用。

她想幸福是不是具有传染性……她爱安托万吗？不。他让她感觉有价值，让她感觉有趣，但也用他不可救药的乐观主义让她感到不自在。说到底，当他表现得和自己不同时，她怀疑自己不能忍受他。嫁不嫁给自己亲密的敌人？肯定不。但同时，她这样一个起床就情绪糟糕，感觉一切很丑很不完美、很没意思的人，她到底需要什么呢？她需要她的对立面。而她的对立面，毋庸置疑就是他，安托万。如果说她不爱安托万，但显然她需要安托万，或者需要某个像安托万那样的人。她认识其他类似的人吗？当然，肯定。现在她还想不起来，但她可以等待，认真地等待。等多久？别人也会像他那么耐心吗？而她有足够的耐心再等下去吗？再说了，到底要等待什么呢？她对男人无所谓，她对结婚也不那么看重，也不想下蛋一样生孩子然后再把他们养大。再说了，明天天气也不会好转，烦恼会更加难以摆脱。

因为所有这些原因，她迅速回答道："好的。"

回到巴黎后他们宣布订婚和随后的婚礼。埃莱娜身边的人带着赞赏感叹道："你变化多大啊！"

开始的时候埃莱娜不回答。然后为了试探他们到底能走多远，她顺势接一句，鼓励他们继续说下去："哦，是吗？你这么认为？真的吗？"

他们掉入她的陷阱继续滔滔不绝："我们怎么也不敢相信有个男人能让你安静下来。以前没什么人能入你法眼，没什么东西让你觉得足够好。即使对你自己，你也毫不怜悯。我们一直以为，男人、女人、猫狗、金鱼，没有一样东西能让你有几分钟以上的兴趣。"

"安托万做到了。"

"他的诀窍是什么？"

"我不告诉你们。"

"也许是这个，爱情！所以说永远都不要气馁。"

她没有争辩。

实际上只有她自己知道她没有变。她只是保持沉默，没别的。在她的意识里，生活看上去依旧丑陋、愚昧、不完美，令人失望、慌乱、不满足。但这些评判已经不再冲口而出。

安托万带给她什么？一副嘴套。她不再经常露出獠牙，她克制她的想法。

她知道她仍然很难正面看待一件事物。她继续从一张脸、一张桌子、一间房子、一场演出等地方，看出不可原谅的缺陷，阻止她去欣赏这些事物。她的想象力继续让她去重塑某些面孔；去改变某些妆容；去纠正台布、餐巾、餐具的摆放位置；降低某个隔断的高度，提高另一个的高度；拆掉一些家具，扯掉一些窗帘；替换掉第一个出场的年轻女人；打断第二个动作；剪去某部电影的结尾。当她重新碰到某些人，她仍然像以前一样看到他们的愚蠢和软弱，但她不再说出她的失望。

他们结婚一年后，用她的话来说"是她一生中最美的一天"，她给这个世界带来一个孩子，当人家递给她的时候，她感到孩子又丑又软。而安托万把这孩子叫做"马克西姆"和"小亲亲"，她强迫自己模仿他。从那以后，这个让人难以忍受的随便撒尿和爱吵闹的小肉团，先是搅乱了她的五脏六腑，在随后的几年中却成了她注意力的焦点。接着到来的是小"布勒尼斯"，一开始她也是讨厌她怪异的头发，但后来她又遵循了同样的行为方式，变成一个模范母亲。

埃莱娜很难忍受自己，以致她决定隐藏自己的看法，在任何场合都以安托万的目光来看待事物。她只生活在表面，内心深处却关押着一个继续蔑视、批评、对一切横加指责的女人，在拍打着牢狱的门，在气窗里无望地大喊大叫。为了保证能演好幸福戏码，她干脆变身为自己监狱的看守。

安托万总是以一种溢满的爱意凝视她，在抚摸她的臀部或亲吻她脖子时喃喃低语："我一生的女人。"

"他一生的女人？说到底也不是件了不起的事。"那个囚犯在心里说道。

"已经不容易了。"那看守回答道。

所以，这并不是真正的幸福，只是表象而已。是一份通过代理的幸福，是受到影响而来的幸福。

"一种幻觉而已。"囚犯说。

"闭嘴。"看守说。

所以当人家通知她安托万刚刚在一条小路上倒下时，埃莱娜尖叫起来。

她拼命奔跑穿过花园，只是为了否认人家刚刚告诉她的消息。不，安托万没有死。安托万不可能在阳光下倒下。不，安托万尽管心脏不太好，但不可能就这样突然停止生命。动脉瘤破裂？太可笑了……没什么能把这么一个高大的身躯撂倒。四十五岁，这不是死去的年龄。一群愚蠢的人！骗子！

然而，当她扑向地面时，她很快就意识到这已经不是安托万了，而是一具卧在喷泉边的尸体，是另一个人，是一具由皮肉和骨头撑起的躯壳，只是很像安托万而已。她再也感受不到他所散发的活力，那个发电中心，她是多么需要在那里充电获取能量啊。可面前的是一个苍白冰凉的替身。

她哭泣，缩成一团，一句话也说不出，只是拼命握住安托万已经冰凉的手，这双手曾经给过她那么多。医生和护士不得不强行把这对夫妻分开。

"我们理解，夫人。相信我们，我们能理解。"

不，他们什么也不理解。如果不是安托万的存在，她既感觉不到自己是妻子，也感觉不到自己是母亲。她怎么可以做寡妇呢？失去了他的寡妇？如果他消失了，她该如何自处呢？

下葬时，她全然不顾礼节，那种惨烈的悲痛让在场的人吓坏了。在挖好的坑边,在人家把棺木放下去之前,她躺在棺盖上紧紧抓住棺木。在她父母的坚决要求,以及她十五岁和十六岁的两个孩子的坚持下,她总算放开了手。灵柩被埋到了坑里。

埃莱娜从此把自己囚禁在沉默中。

她身边的人把这种状态称为抑郁,实际上远比这严重。她监视着体内的两个隐身者,任何一个都不再有说话的权利。噤声使她不再愿意去思考,不再像遇到安托万之前的那个埃莱娜那样去思考,也不像安托万的那个埃莱娜那样思考。这两个都已结束了使命,而她再也没有力气去发明第三个。

她很少开口说话,只局限于礼节性的你好、谢谢、晚安。她保持干净,总是穿戴着同样的衣物,等待夜色降临就如等待一种解脱。尽管这种时候因为难以入睡,她会在开着的电视机前钩织某样作品,但她既不关心电视上的画面,也不去听电视里的声音,只是专注于一针一线钩下去。因为安托万让她免去了生活之虞(存款、利息、房产),她只需每月一次假装听一下家庭会计的汇报就可以了。她的孩子们,当他们终于放弃治疗或帮助他们母亲的全部希望之后,遵循了他们父亲的足迹,专注于他们出色的学业。

几年过去了。

外表上，埃莱娜老得并不难看。她小心照料自己的身体（体重、皮肤、肌肉及柔软性），就像人家擦拭橱窗里的瓷器摆设。当她在镜子里不经意看到自己时，她看到的是一个有尊严的悲伤的母亲，如博物馆的一件藏品，被保存得很好，在一些家庭聚会，比如婚礼、洗礼时被时不时拿出来晒晒。那些吵吵嚷嚷、饶舌甚至令人难以忍受的仪式，让她费神。对于保持沉默这件事，她没有放松警惕。她什么也不想，什么也不表达，从来不。

尽管如此，有一天她突然冒出一个念头。

如果我去旅行一下？安托万最喜欢旅行了，或者说安托万除了工作之外，只有一个兴趣，那就是旅行。因为他没有时间实现他的梦想，我可以替他来完成……

她对旅行的动机很盲目：她从未有一秒钟相信她还能重返生活还能再去爱。如果她收拾行李，是为了去找回安托万友善看待世界的目光的话，她可能会禁止自己继续下去。

在和马克西姆、布勒尼斯简短告别之后，她开始了自己的行程。对她来说，旅行意味着从全球的一家大旅馆到另一家大旅馆。就这样她住在印度、俄罗斯、美国或中东的一些豪华套房里。每次她都是在一台打开的说着另一种语言的电视机前织毛衣。每次她强迫自己参加一两次周边游，因为安托万肯定会责备她没有去参加，但她不会对周遭的发现睁大眼睛去看，她只是在三维空间里核实一下宾馆大堂贴着的明信片是否确切，仅此而已……她带着七只浅蓝色的山羊皮旅行箱，搬运着对生活的无力感。只有从一个地方出发到另一个地方，在机场转机，换乘过程的一些波折，才让她有一点短暂的兴奋：因为感觉将要发生什么事情……然而一到达目的地，她马上又进入由出租车、搬运员、门童、电梯工、房间服务员构成的世界，一切又回到原来的轨道。

如果说她已经没有更多的内心生活，这一切使她获得了一种表面的生活。旅行、到达新地方、出发、必须说的话、发现不同的货币、在餐馆点菜，等等。这些事在她身边展开着，但她内心深处，仍然是麻木不仁的。然而她这番折腾的结果是杀死了那两个幽禁者：再也没有人在她的意识里去思索，既没有了那个阴郁者，也没有了安托万的妻子。这种彻底的死亡，倒让人更舒服一些。

就是在这种状态下，她来到了开普敦。

为什么她会忍不住被触动呢？因为这个地名开普（岬角）？是不是可以认为这是地球的尽头？是因为她在学习法律

时对南非的悲剧感兴趣，在要求黑人与白人平等的请愿书上签过名？是因为安托万曾经想过要在那里买栋房子安度晚年？她没法梳理清楚……总而言之，当她走到旅馆面朝大海的露台时，她突然感到自己的心脏狂跳起来。

"请来一杯血腥玛丽①。"

这时她又惊讶起来，她过去几乎从不点血腥玛丽。再说了，她不记得自己喜欢这个。她盯着铅灰色厚重的天空，乌云密布，暴雨将至。

离她不远处，一个男人同样也在观察着天空。

埃莱娜的脸颊有些发烫，发生了什么事？血涌到了脸上，她颈部的血管猛然搏动起来，心跳加速。她大口喘着气，她也要经历一次心脏病发作吗？

为什么不呢？总有一天要死的，行，是时候了，那就在这里吧，面对一片壮丽的风景，应该在这里结束一切。这就是为什么她刚才走上台阶时，有一种要发生什么大事的预感。

有几秒钟的时间，埃莱娜摊开双手，尽量平息呼吸，等着自己倒下去。她闭上眼睛，往后仰着头，她感到自己已经准备

———————————

① 一种鸡尾酒。

好了，她允许死亡降临。

然而什么都没有发生。

她不但没有失去知觉，而且当她睁开眼睛后发现，比刚才感觉好多了。什么？我们不能命令自己的身体死去！我们不能像关掉一盏灯那样轻而易举熄灭自己？

她转身看到露台上的那个男人。

他穿着运动短裤，露出健美的双腿，修长而结实。埃莱娜看着他的脚，她有多长时间没有注意过男人的脚了？她已经不记得她曾经喜欢男人的脚，这个宽大的充满矛盾的部位：脚跟处坚硬，脚趾处却又柔软；脚背光滑，脚底粗粝；如此坚实，要支撑起一个巨大的躯体，又脆弱得让人担心会折了它们。她从他的脚踝看到大腿，顺着他肌肤散发的张力，吃惊地发现自己很想用手掌去抚摸那些金色的汗毛。

她刚刚穿越整个世界看到过各色服装，她感觉这个男人也太大胆了，怎么可以这样裸露自己的大腿？他的短裤是不是有失体面？

她观察着他，发现自己错了。他的短裤完全正常，她已经看到过几百个男人穿着类似的裤子。而只有他……

觉察到有人在看他，他朝她转过身，笑了一下。一张柔软羊皮般金色的脸，有些明显的皱纹，他绿色的瞳孔中露着某种忧郁。

她有些慌乱，也朝他笑笑，转身去看大海的景色。他会怎么想？会认为自己在勾引他？太可怕了！她欣赏他的表情，他有一张看上去正直诚恳、轮廓清晰的脸，脸部线条里有一丝忧伤的痕迹。什么年纪呢？和自己一样。对，差不多就是这年纪吧，四十八岁……也许再小一点，因为他褐色的皮肤，运动员一样的身材，加上漂亮的细皱纹，不像是在海难上涂上厚厚防晒霜的那种人。

突然一阵寂静，风也不再像昆虫般嗡嗡作响。然后，四秒钟后，大滴大滴的雨点落下来，雷声隆隆，正式宣告暴风雨的来临。光线加大反差，使色彩饱和，随后潮湿很快吞噬了它们，就像涨潮时汹涌的海浪涌向沙滩。

"唉，多么糟糕的天气！"边上的男人叹息道。

听到自己说出这句话，连她自己都很吃惊："不，您搞错了。不应该说'多么糟糕的天气'，而要说'这是个美丽的雨天'。"

男人转向埃莱娜，仔细打量着她。

她看上去是真诚的。

就在这一刻，他确认了两件事：他非常渴望要这个女人；并且，如果他能够，他将永远不离开她。

偷偷潜入的女人

L'intruse

这回她终于看见她了！那个女人从客厅的最里面闪过，用一种吃惊的神情盯着她，然后消失在厨房的暗影中。

奥迪勒·韦尔西尼犹豫着：她该是去跟踪呢，还是拔腿逃离公寓？

这个潜入者是谁？至少这已经是第三次了。前几次的突然闯入，时间都非常短暂，奥迪勒还以为是自己的想象。但这次，她们对视了一下，她感到对方好像也吓了一跳，一脸惊愕地逃走了。

奥迪勒来不及多想，追过去大声叫喊道："停下，我看到你了！躲起来也没用，那边没有出口。"

奥迪勒蹿到每一个房间——卧室、厨房、厕所、浴室，但一个人都没有，那就只剩下走廊尽头的大壁橱了。

"出来！出来，否则我喊警察了。"

壁橱里没有发出一点声音。

"你在我家里干什么？你是怎么进来的？"

死一样的寂静。

"好，我已经警告过你了。"

奥迪勒突然感到一阵恐慌：陌生人想干什么？她焦躁不安地退到玄关处，抓起电话，不太利索地拨着警察局的电话："快点，快点。"她心里在想，那个人要从壁橱里蹿出来攻击自己。当她终于听完了电话里的等待录音后，总算传来一名工作人员响亮的声音："巴黎警察局，十六区，请讲！"

"快到我家来，有个女人潜到我家里，藏在走廊的壁橱里不肯出来。快点，求你们了。她也许是个疯子，也许是个杀人犯，你们快点来，我害怕极了。"

警察记下了她的名字和地址，然后安慰她五分钟后就会有警察赶到。

"喂？喂？您还在吗？"

"嗯……"

"您感觉怎么样，夫人？"

"……"

"留在电话机旁边，别挂断，这样您就可以告诉我发生的事情。大声重复我刚才对您说的话，好让那个人听到，让她明白您并非孤立无援。开始吧，现在。"

"对，您说得对，警察先生。我不挂电话，这样无论这个女人做什么，你们都会知道。"

她声嘶力竭地喊着自己都不明所以的言语。这样就够了吧？尽管隔着一段距离，还有橱门和大衣，但愿潜入者仍然能听清她说的话，然后被吓到。

公寓阴暗的角落里什么也没发生。这份安静比任何响动更让她焦躁不安。

奥迪勒对警察喃喃道："您还在吗？"

"是的，夫人，我不离开您。"

"我……我有些害怕……"

"您有什么可以自卫的东西吗？"

"没，什么都没有。"

"如果那个人想要攻击您，您有没有什么东西可以挥一下用来吓吓她？"

"没有。"

"比如一根拐杖？一把锤子？或者一个雕塑，您在周围找找看。"

"哦，是的，我有一个小铜像。"

"抓起它，然后把它想象成是一件武器。"

"什么？"

"声称您手里现在拿着您丈夫的手枪，所以您什么都不怕。大声说。"

奥迪勒吸了口气，用不放心的口气大声说道："是，警察先生，我不害怕，因为我手里拿着我先生的手枪。"

她叹了口气，忍住想要撒尿的冲动——她讲这句话时，那么没有底气，那个潜入者永远都不会相信的。

电话那头的声音又响起来："什么反应？"

"没任何反应。"

"很好，她被吓住了。在我们的警员到达之前，她不敢轻举妄动。"

几秒钟后，警察按响了可视门铃，奥迪勒为警察开了门，等着电梯把他们带到十一楼。三个年轻人冲了出来。

"在那里，"她说，"她躲在壁橱里。"

当他们掏出武器来到走廊时，奥迪勒直发抖。她不想看见令她神经受不了的场景，更愿意躲到客厅里，在那里她模糊地听到威胁声和催促声。

她习惯性地点上一支烟走到窗口。室外，尽管七月才开头，草坪已经开始发黄，树叶也开始卷曲掉落。酷暑烤灼着人权广场，烤灼着整个法国，每天都要完善它的死亡杰作。电视和报纸每天都报道新的受害者：无家可归者死在滚烫的柏油桶边，养老院一个个倒下的老人像苍蝇一样多，婴儿死于脱水；更何况还没有把动物、花草、蔬菜、树木等计算进去……而且她不是正好看见那只死了的鸫鸟，就在那边广场的草坪上，僵挺着就如水墨画里的鸟，脚也折了。太遗憾了，鸫鸟的叫声是多么动听……

于是她倒了一大杯水，预防性地喝了下去。当然啦，在这么多人倒下的时候，只想着自己有些自私。但她又能怎样呢？

"夫人，请原谅……夫人！"

警察进了客厅，费了好大劲才把她从对酷暑成灾的沉思中唤醒。她转过头问道："怎么样？那是谁？"

"一个人都没有，夫人。"

"怎么会呢？一个人都没有？"

"您过来看。"

她跟着三个小伙子来到壁橱，那里装满了衣服和皮鞋盒，但根本没有潜入者。

"她躲在哪里呢？"

"您愿意我们和您一起找吗？"

"当然。"

一百二十平米的房子，被警察梳头般细细搜寻一番，还是没有找到任何女人。

"总之，你们得承认这太奇怪了，是不是？"她点上一支烟总结道，"她从走廊里走过，看到我，吃了一惊，然后她就逃到房子的最里面，她是从哪里出去的呢？"

"从保姆房的门？"

"那门一直是锁着的。"

"去看看。"

他们来到厨房，看见通向楼梯保姆房的门锁得好好的。

"你们看，"奥迪勒推论道，"她不可能从这里出去。"

"除非她有另一套钥匙，否则她是怎么进来的呢？"

奥迪勒踉跄了一下，警察扶她坐下。她意识到他们说得有道理：在她家里神出鬼没的那个人得有一串钥匙才能进进出出。

"这太可怕了……"

"您可以给我们描述一下那个人吗？"

"一个老女人。"

"什么？"

"对，一个老女人，头发白了。"

"她穿着什么衣服？"

"我不记得了，很普通的衣服。"

"裙子还是裤子？"

"裙子，我想。"

"这一点都不像常见的小偷和其他梁上君子。您肯定这个人不是您身边什么人，您一时没认出来？"

奥迪勒有点轻蔑地看了他们一眼："我很明白你们什么意思，鉴于你们的职业，这很正常。但是我才三十五岁，还没有太老，也不是老糊涂。我的学历肯定比你们高得多，我是独立记者，是中东地缘政治专家。我会讲六种语言，尽管天气炎热，我仍然感到精力充沛。所以拜托你们相信，我没有习惯会把钥匙交给什么人，然后忘了。"

他们有些吃惊，怕她发火，恭敬地点点头说："请您原谅，夫人。我们必须想到所有可能性，我们有时会碰到一些比较脆弱的人，他们……"

"当然啦，刚才我有点不够冷静……"

"您一个人住这里？"

"不，我结婚了。"

"您丈夫呢？"

她有点错愕地看着警察：她发现已经很久没有人向她提过这个简单问题了（您丈夫去哪儿了）。

她笑了："去中东旅行了，他是个有名的记者。"

警察睁大了眼睛，一阵沉默，表示出对夏尔职业的敬佩。但最年长的那个警察还欲继续他的调查："正因为这样，您丈夫有没有可能把钥匙借给别的什么人？"

"您想到哪里去了，他肯定会事先告诉我的。"

"我不知道。"

"不，他肯定会事先告诉我的。"

"您可不可以打个电话向他核实一下呢？"

奥迪勒摇摇头："当他在地球另一头时，他不喜欢人家去打搅他，尤其是为了一串钥匙这样的事情，这太可笑了。"

"这样的事情是第一次发生吗？"

"那个老女人？不，这至少是第三次了。"

"给我们解释一下。"

"前几次我对自己说也许是我眼花了，这不可能。完全就像你们现在所想的那样。而这一次我很清楚我不是在做梦：她让我太害怕了，不过，我也让她害怕了！"

"这样的话，我只有一个建议，韦尔西尼夫人：立即换掉您的门锁，这样您就可以安心睡觉了。某天您丈夫回来后，您就能搞清楚这个潜入者的真面目了。这一段时间内，您可以安心睡觉。"

奥迪勒接受建议，谢过警察，陪他们到门边。

她习惯性地又撕开一包烟，打开电视，调到她最喜欢的滚动新闻台，然后从好几个方面来思考刚才的问题。

一个小时后，她发现什么头绪也没理出来，便关掉电视，同锁匠约好了第二天来换锁。

"两千二百例死亡，"主持人看着观众说，"这个夏天很夺命。"

她的钥匙就在裙子口袋里。自从换过门锁后，她对自己的命运放心了点，又醉心于关注反常气候带来的后果：河流干涸，鱼儿死亡，牲口倒下。农民怨声载道，限水限电。医院人满为患，实习医生升级为医生；殡仪馆应接不暇，掘墓人只好提前结束海边假期；环保主义者抗议地球变暖。她关注每个死亡告示，就像在看一场令人心跳的电视连续剧，期待着剧情的一波三折，渴望有新的灾难发生。当形势基本稳定下来后，她甚至还有些失望。她勉强保持着理性，几乎带着点快感计算着死亡人数。这场酷暑就像一场大戏，同她关系不大，却吸引了她在这个夏天的注意力，缓解了一点她的无聊。

她办公桌上放着一本书和几篇倒霉的文章。当出版社或报纸编辑没有打电话催她交稿时，她找不到勇气去写完它们。尽管如此……很奇怪的缄默，难道他们也被热浪熏倒了，或者死了？当她有时间或有意愿的时候，她会给他们打个电话。

她快速切换了几个阿拉伯频道，很失望他们对欧洲发生的事一点也不感兴趣。不过也确实，对他们来说，炎热……

她突然想起炎热这件事，便决定去喝一大杯水，就在转身朝厨房走去时，她有一种感觉：那个潜入者又来了！

她放慢脚步迅速查看了一下四周，什么也没发现，可明明好像……有四分之一秒的时间，那个老妇人的脸出现了一下，肯定是某个灯泡、拐角的某面镜子或五斗柜闪亮的油漆的反射，这影子冲击了她的大脑。

接下来的时间她把屋子彻彻底底搜寻了一番，然后她至少核实了十遍，原来的那串钥匙是打不开新换的锁的。她终于放下心，想大概是自己想象出了那个老女人。

她回到客厅，打开电视机，就在她朝沙发走去的时刻，她很清晰地在走廊里瞥见了她。与上次一样，那个老女人愣了一下，惊慌失措，然后逃走了。

奥迪勒扑到沙发上抓起电话，警察答应以最快的速度赶到。

在等待警察的时候，奥迪勒体验到的不再是昨天的那种感觉。以前，她的害怕是很具体的，专注于壁橱里的女人和她的动机。而现在害怕已经演变成一种惊恐，奥迪勒面对的是一个巨大的谜团：她今天怎么可能又潜入进来，门上的锁是全部换过的呀？

警察到来时看到她处于极度惊恐的状态。因为他们昨天已经来过，所以知道要到哪儿去搜查。当他们搜了一遍回到客厅对她说什么也没找到时，奥迪勒并不感到意外。

"这太可怕了，"她解释道，"今天早晨我刚叫人来换过锁，除了我没人有新锁的钥匙，而这个女人居然又找到了进出我家的办法。"

他们在她对面坐下做笔录。

"夫人，请您原谅我们一再问这个问题：您真的很肯定再次见到了那个老女人？"

"我知道你们会这么说。你们不相信我的话……如果我没有经历这一切的话，我也不相信。我不能责怪你们把我当成一个疯子……我知道，我再清楚不过了……你们肯定会建议我去看心理医生。不，不用辩解，我替你们说出来。"

"不，夫人，我们只是尊重事实。这个老女人是否就是昨天晚上的那个？"

"穿的衣服不同。"

"她看上去像什么人吗？"

这问题让奥迪勒确信警察认为她需要精神分析。她该指责他们吗？

"如果让您描述一下，她会让您想到谁？"

奥迪勒想如果我向他们承认她看上去像我母亲，他们肯定更认为我是个精神病人。

"谁都不像，我不认识她。"

"您觉得她想干什么？"

"我怎么知道，我和你们说了，我不认识她。"

"您害怕她什么呢？"

"听着，先生，别给我来粗鲁的精神分析这一套。您不是心理医生，我也不是病人。这个人既不是我恐惧的投射，也不是我的臆想，而是一个我不知道为了什么原因而闯入我家里的潜入者。"

因为奥迪勒生气了，警察说了几句泛泛的抱歉的话。就在这时奥迪勒有了一个新发现："戒指，我的戒指哪里去了？"

她冲到电视机边上的五斗柜打开抽屉，挥舞着一只空的小杯子："我的戒指不见了！"

警察的态度立即改变了，他们不再把她看成是一个捣乱者，事情重新进入了他们的常规工作。

她历数和描绘了她的戒指，指出其价值，还忍不住提到是她丈夫在什么时候送给她的礼物。随后她在笔录上签了字。

"您丈夫什么时候回来？"

"我不知道，他没告诉我。"

"您没事吧，夫人？"

"没事，你们不用担心。"

在他们离开时，一切都变得稀松平常了。潜入者只是个普通的小偷，只是她偷起东西来谨慎得有点惊慌失措。但这件平常之事还是大大考验了奥迪勒的神经，她止不住流下了眼泪。

两千七百人死于酷暑，大家怀疑政府隐瞒了真实数据。

奥迪勒也坚信是这样。根据她本人计算的数字，要远远高于这个。今天早上她不就在院子的沟槽里发现了两只死麻雀？

门铃响起。因为大门的可视电话没有响过，那要么是邻居，要么是她丈夫。为了不让她太意外，后者尽管有钥匙，但习惯停在走廊里按门铃，通知她他出差回来了。

我的上帝，很有可能是他！

当她打开门后，高兴得差点站不住。

"哦，亲爱的，见到你多么高兴啊，你来得真是时候。"

她扑到他身上，想去亲吻他的嘴唇。他虽然没有推开她，却只是拥抱了她。奥迪勒心想，他做得对，我不该这么冲动。

"你还好吗？你的旅行怎么样？你都去了哪里？"

他回答她的问题，而她几乎听不清他在说什么。她也有点费劲，问不到点子上。他担忧地朝她看了两眼，然后深深叹了口气。她感觉自己有些冒犯他，但她没法让自己集中注意力，她觉得他是多么英俊啊。因为是分别的缘故？她越是盯着他看，越觉得他魅力不可阻挡。三十岁，褐色的头发，没一根白发。古铜色的皮肤那么健康，精致修长的手，挺拔匀称的身材……她运气多么好啊！

她决定先轻描淡写说一下那坏消息。

"家里失窃了。"

"什么？"

"有人偷了我的戒指。"

她讲述了事情的经过。他耐心听着，没有提问也没有表示怀疑。奥迪勒很满意地注意到她丈夫的反应与警察不同。"他，至少相信我"。

等她说完，他走进他们的卧室。

"你要洗个澡吗？"她问。

他马上从卧室出来，捧着一个装了戒指的盒子。

"在这儿呢，你的戒指。"

"什么？"

"是，我只需检查一下你习惯放戒指的三四个地方就行了，你没核查一下？"

"我好像……总之我敢肯定……最后一次是放在客厅五斗柜里的……在电视机边上，我怎么可能忘记呢？"

"好了，别生气了，每个人都会有忘记东西的时候。"

他靠近她，在她脸颊上亲了一下。

奥迪勒有点吃惊：吃惊自己的幼稚，吃惊这种幼稚激发了夏尔的温情。

她走到厨房给他准备喝的东西，然后端了托盘回来，她注意到玄关处他没放下任何行李。

"你的行李呢？"

"你为什么要我带着行李呢？"

"你刚旅行回来啊。"

"可我不住在这里。"

"你说什么？"

"我不住在这里已经很久了，你没注意到？"

奥迪勒放下托盘靠在墙上直喘气。为什么他要这么无情地和自己说话？是，当然，她多少有些意识到他们并不经常见面，但这样，就声称他们不生活在一起，这⋯⋯

她慢慢滑坐到地板上开始哭泣。他走过去把她搂在怀里，又变得和蔼起来："好了，别哭了，哭一点都不解决问题，我不喜欢看到你这个样子。"

"我做了什么？我做了什么傻事？为什么你不再爱我？"

"别说傻话了。你什么傻事都没做，我非常爱你。"

"真的？"

"真的。"

"和以前一样爱吗？"

他花了一点时间才回答，因为当他抚摸她头发的时候，他眼睛里泛起一层水汽。

"也许比以前更爱⋯⋯"

奥迪勒放宽了一点心，在他坚实的胸膛上靠了一会儿。

"我该走了。"他扶起她说。

"你什么时候回来？"

"明天，或者两天后，你不用担心，好吗？"

"我不担心。"

夏尔走了。奥迪勒胸口阵阵发紧，他去哪里了呢？为什么他的表情看上去很忧伤？

回到客厅，她拿起首饰盒，选择放在卧室的五斗柜，这回她再也不会忘记了。

"四千人死于酷暑。"

的确，这个夏天令人着迷。在她一直开着空调的公寓里（对了，夏尔是什么时候替她安装的呢？），奥迪勒一支接一支抽着淡味香烟，关注着每天连续发生的长篇小说似的事件。

很久以来她就和看门人说好，请她替自己购物，时不时塞给她几张钞票，让她给自己做饭。奥迪勒从来都不怎么会做饭，是不是因为这个原因，夏尔才疏远了她？很可笑……

这是他第一次加给自己这样的惩罚：回到巴黎却又住到别的地方去。她绞尽脑汁回想最近一段时间有什么事情能解释他的这种态度，但她什么也没找到。

但这还不是她唯一担心的事情：那个老女人又来了。

而且有好几次。

每次都是差不多的情况：突然出现，然后消失。

因为戒指的事情，奥迪勒不敢再叫警察：她得承认她找到了戒指。当然了，她本该联系他们，说她搞错了，但并没有故意讹诈任何人的意思。夏尔来过后，她把要寄给保险公司的失窃证明扔到了废纸篓……

但她感觉警察不会再相信她了。

再说，她终于发现那个潜入者为什么会被吸引了，而这一点，警察肯定也不会相信！潜入者并不危险，她既不是小偷，也不是什么罪犯。不过由于她屡次这样，她的伎俩已经很清楚了：老女人来就是为了挪动一些东西的位置。

是的，这看上去很奇怪，这是她突然造访的唯一目的。

不但奥迪勒每次以为被偷走的戒指几个小时后重新出现，而且那老女人藏戒指的地方越来越让人觉得不可思议，最后一次竟然藏在冰箱的冷冻格。

"钻石藏在冷冻格深处！她到底是怎么想的？"

奥迪勒由此得出结论，这个老女人即使不是罪犯，也是个坏蛋。

"疯了，她完全疯了！冒这么大的风险就是为了开这么无聊的玩笑！总有一天我要堵住她问个明白。"

门铃响起。

"夏尔！"

她打开门看到夏尔在门厅。

"哦，多么幸福！你终于来了！"

"是，原谅我，没能像答应的那样尽早来看你。"

"没关系，我原谅你。"

走进屋子的时候，他身后突然出现了一个年轻女人。

"你还认得亚丝米娜么？"

奥迪勒不敢说自己记不起从他身后闪出来的那个年轻褐发女郎是谁，怕他不高兴。唉，这种一点都记不住人的毛病可真糟糕。她想，别慌，我肯定会记起来的。

"当然，请进。"

亚丝米娜上前在奥迪勒脸颊上亲了一下。在行这个见面礼的时候，即使奥迪勒还没认出她是谁，但奥迪勒反正感觉自己讨厌这个女人。

大家来到客厅讨论着炎热的天气。尽管奥迪勒的思绪经常游离在他们的谈话之外，她还是敷衍地加入聊几句。"这太荒谬了，我们用漫不经心的语气在一个陌生人面前闲扯天气，而夏尔和我，我们有多少事情要说啊。"突然，她打断聊天盯着夏尔，"告诉我，你到底觉得缺什么呢？是孩子吗？"

"什么？"

"对，我一直在想这一段时间我们之间出现的问题，我突然想到你一定想要孩子了。一般说来男人不像女人那么希望要孩子……你想要孩子？"

"我有孩子。"

奥迪勒以为自己听错了。

"什么？"

"我有孩子，两个。热罗姆和雨果。"

"你再说一遍？"

"热罗姆和雨果。"

"他们几岁？"

"一个两岁，一个四岁。"

"你和谁生的？"

"和亚丝米娜。"

奥迪勒转向亚丝米娜，她在向她微笑。

奥迪勒，快醒醒，你在做噩梦呢，那不是现实。

"你们……你们……一起生了两个孩子？"

"是的。"那个阴险的女人优雅地交叉着双腿若无其事地肯定道。

"你们毫不羞耻地到我家，微笑着告诉我这些？你们简直就是魔鬼！"

接下来的事情有些混乱，奥迪勒被巨大的悲伤击倒，在叫喊和眼泪中她已经搞不清楚人家在她耳边说了什么。好几次夏尔想把她揽在怀里，每次她都把他猛烈推开。

"叛徒！叛徒！一切都结束了，你听见吗？结束了！现在给我滚！"

她越是想把他推开，他越是抱紧她。

他们只好叫来医生，奥迪勒躺在床上，医生强行给她注射了镇静剂。

"一万两千人死于酷暑。"

"干得好！"奥迪勒在她的电视机前窃喜。

几天之内，事情变得越来越糟糕：夏尔终于露出了他丑恶的一面，要她离开她的公寓。

"休想，你听到吗？"她在电话中回答道，"你永远都别想和你那贱货住在这里！根据法律，这房子是我的。你也不用再出现，我不会给你开门的。反正，你的钥匙已经不管用了。"

至少那个潜入的女人起到了这作用！简直是天意，这老女人！

好几次夏尔在门外按门铃，想和她谈谈。她拒绝听他说话。他锲而不舍，还给她派来了医生。

"奥迪勒，"马朗迪耶医生说，"您太虚弱了，您不觉得到疗养院去住几天会让您感觉好些？人家可以更好地照顾您。"

"我自己能对付，谢了。当然啦，因为这些乱七八糟的事情，我交稿子时间要拖一点了。不过我了解自己：只要我状态好一点，花几个晚上就可以写上一大堆。"

"正因为这样，为了让您尽快恢复，还是去疗养院吧……"

"目前的情况，大夫，疗养院的人正在死去呢，因为那里没有空调。这儿，有空调。您不看新闻吗？一场酷暑，比一场龙卷风的杀伤力还厉害。疗养院？受罪院还差不多，对，候死馆。是他派您来害我的吧？"

"听着，奥迪勒，别说蠢话了，如果我们给你找一家有空调的疗养院呢……"

"是，人家给我下毒，让我变成植物人，然后我丈夫就可以趁机霸占我的房子，和他那贱货一起在这里生活！永远都别想！阿拉伯人和她的孩子，休想！您知道吗，他和她生了两个孩子。"

"您真的快崩溃了，奥迪勒。这样下去总有一天人家会不征求您的意见把您强行带走。"

"那好，您很清楚：除非你们使用武力，否则什么都不会发生。现在给我出去，别再来我家，我要换医生。"

这天晚上，奥迪勒悲愤交加，想过要自杀。但一想到这样太便宜了她丈夫和那个可恶的亚丝米娜，她忍住了。

不，奥迪勒，你要振作起来。不管怎样，你还年轻……几岁……三十二或三十三……唉，我总是记不住。你还有很长的路在前面，你会遇到另一个男人，然后建立一个家庭，生几个孩子。这个夏尔不值得，还是早一点认清他更好。想象一下如果你一直被蒙在鼓里直到更年期……

她突然很渴望和她最好的朋友范妮聊聊。她有多久没给她打电话了？这个夏天太热了，热得让人有点丧失时间概念。尽管躲在开着空调的房间里，她是不是也和全国人民一样变得昏昏沉沉而自己没有意识到？她抓起电话号码本，然后又扔得远远的。

"不需要看范妮的电话号码。"如果有一个号码她烂熟于胸，一定就是这个了。

她在圆盘上拨了一个号码，一个刚从睡眠中醒来的声音回答她："找谁？"

"对不起打搅您了，我想和范妮说话。"

"范妮？"

"范妮·德斯佩雷，我是不是打错电话了？"

"范妮死了，夫人。"

"范妮！什么时候？"

十天前，死于脱水。

酷暑！当奥迪勒在电视机前傻乎乎地点着死亡人数时，一秒钟都不会想到她最好的朋友也会成为这场杀戮的牺牲品。她挂上电话，说不出一句话，也没问任何细节。

范妮，她温柔的朋友，高中时代的好友。范妮应该已经有两个孩子了……两个新生儿，多惨啊！她这么年轻，和自己同年。这样看来不只是老人和新生儿倒下，青壮年也会……刚才接她电话的又是谁呢？她听不出这个苍老的声音是谁……可能是家里的某个长辈。

奥迪勒吓坏了，赶紧咕咚咕咚喝下一大瓶水，然后回到房间大哭起来。

"一万五千个死者。"电视主持人脸色铁青地宣布道。

"很快就要一万五千零一个了，"奥迪勒呛了口烟，叹息道，"因为我不知道是否还要活在这个如此丑陋的世界上。"

没有任何降温的希望，也没有任何下雨的迹象，记者还补充说，地球被烤焦了。

对于奥迪勒也是这样，她找不到任何出路。现在潜入者每天要来好几次，把她的东西弄得乱七八糟，害得她经常什么也找不到。

自从她的看门人回葡萄牙（不可想象，葡萄牙的八月份该有多少看门人啊）后，她采购的物品和餐点由看门人的侄女端上来。一个无忧无虑嚼着口香糖，喜欢从早到晚换腰带，走路摇摇摆摆的女孩子，是一个同她说不上三句完整话的傻瓜。

夏尔没有再出现。当然他还是给奥迪勒打电话，但奥迪勒只是回答一个字"不"，然后就挂电话。再说了，他不再那么占据她的心思，甚至很少。这些都已经是过去的事了，或者好像从来没有发生过一样。奥迪勒现在关心的是更新她在大学的注册，肯定是因为夏天的代班临时工，所以她一直找不到主管注册的那个人，这让她很恼火。

她现在非常想专注到她的学习上来。当她不是坐在电视机前看新闻滚动台时，她工作几个小时，阅读有关中东的一些书籍，学习那里的语言，她很认真地考虑要尽快完成自己写了序言的博士论文。

她一直没法联系到博士论文的导师，好像这场气象灾难窒息了整个国家，一切都变得不太正常。她父母也是，不再接电话，每个人都逃到什么地方避暑去了吧。

"那就借这个机会好好完成我的主要任务吧。"奥迪勒心想。她花了几个小时致力完善段落结构和句子完整性。"我给自己一周时间完成引言部分。"

这件事让她很着迷，甚至忘了要喝足够的水。而且她的空调机也出了点毛病：明明她把开关调在二十度，但在忍受了几个小时后，发现它调在三十度、三十二度甚至十五度！在一阵手忙脚乱后，她总算找到了说明书和保修卡，松了口气，然后叫安装工人来修理。工人在机器上捣腾了半天，最后得出结论，他不明白是怎么回事，也许是接触不良。他说，总之他检查了所有零部件，从现在起机器将准确无误地运行。但是一到第二天，每个房间的温度计又显示出各种各样的温度，而且常常是让人目瞪口呆的温度。

奥迪勒觉得不需要再喊修理工了，因为她猜到了这些故障的来源，一定又是那个潜入者捣的鬼。肯定是那老家伙觉得这样很有趣，背着她改变了机器的温度。

因为奥迪勒开始感到疲惫不堪（工作、炎热、忘记喝水），她决定窥视一下潜入者，要把她堵个正着，然后和她老账新账一起算。

当她肯定只有她自己一个人时，她躲进壁橱并把灯关掉等着。她守候了有多久？她自己也不知道。也许是那个老太太知道有人在等她……几小时后奥迪勒口渴难忍，就从壁橱出来走到客厅。此时，只有上帝知道她为什么突然想喝一杯茴香酒。她打开酒柜，给自己倒了一杯，咽下一小口后，忽然被一样奇怪的东西吸引了目光。

一本书，就在书架上，书脊上署着她的名字，奥迪勒·韦尔西尼。她从书架上抽下书，马上被书的封面搞糊涂了：那是她的论文，就是她正在撰写的博士论文。她发现论文已经完成，印在四百页纸上，由一家很有名的、她想都不敢想的出版社出版。

这场酷暑把她怎么了？她快速浏览了前几页，脸色愈加苍白。她看到她的引言部分，她伏案写了好几天的部分，但这里已经写完，写得更好，把握得更完善。

到底发生了什么事？

她抬起头，看到了那个潜入者，静静地看着她。

噢，不。这一回，太过分了。

她折回去，冲到壁橱抓起高尔夫球杆作武器，回去找潜入者一并讲讲清楚。

站在面对人权广场的窗子前，亚丝米娜盯着雨丝。这场及时雨让大地和天空和解了，也暂停了死亡的传播。

她身后，屋里的摆设没有变，仍然摆满了书，各种各样的书，对任何感兴趣于中东地区的人来说，都是珍贵的宝贝藏品。她丈夫和她都没有时间去改造屋里的装修和摆设。这些事可以往后拖拖。相反，他们毫不犹豫地离开了和两个孩子挤在一起的环城公路边的袖珍公寓，搬到了这里。

正好，她身后热罗姆和雨果很高兴地发现有卫星装置的电视，他们不断切换着频道。

"太棒了，妈妈，有阿拉伯频道！"

他们没有停留在任何节目，他们只是被这么多频道陶醉了，倒不是想看其中的哪一个。

转过身，见丈夫悄悄来到她身后，环住她亲吻她的脖子。

亚丝米娜把自己的胸口贴着他的胸口，他们紧紧拥抱在一起。

"你知道吗？我翻了翻家庭相册，简直不可思议，你长得太像你父亲了！"

"别这么说。"

"为什么？这让你难过，因为他在你六岁的时候就死于埃及……"

"不，我难过是因为这让我想起妈妈。她经常把我当成他，喊我夏尔。"

"别想这些了，多想想你妈妈身体好的时候。她是一个出色的知识分子，充满智慧和敏捷思维，给我留下很深刻的印象。忘掉这最后两年吧。"

"你说得对。她独自住在这里，因为阿尔茨海默病 ①，她不认得她自己了……然后因为记忆逐渐消退，她的自我意识变年轻了，她把镜子中自己的形象看成是一个潜入者。如果有人看到她手持高尔夫球杆站在一面敲碎的镜子前，那肯定是因为她想吓吓潜入者，为了自卫，因为她以为另一个也想打她。"

"我们星期天去看看她。"

① 又称老年痴呆症。

亚丝米娜抚摸着法郎索瓦的脸颊凑近他双唇：

"自从她退行到你父亲之前的那些年代，现在，事情就好多了。她不会再把我们搞混了。在她的意识里，她现在几岁？"

他把头搁在亚丝米娜肩膀上：

"有时候，我真想这一天快点到来，我母亲退行成一个新生儿，这样我就可以把她抱在怀里，终于可以告诉她我有多么爱她。给她一个吻，在我是永别之吻，在她是迎接之吻……"

假

画 一

Le faux

应该说有两个艾梅·法瓦尔，分手前的艾梅和分手后的艾梅。

当乔治告诉她要离开她的时候，艾梅花了好几分钟来确定这不是一场噩梦或是一个玩笑。真的是他在说话吗？他真的是在对她说话吗？一旦确认现实给了她这样无情的一棍子，她都不知道自己是否还活着。做出判断花了更长的时间：她的心脏停止跳动，她的血液停止流动，一股大理石般冰冷的沉默把她的喉咙封冻，她僵硬得甚至连眼睛也不会眨了……但乔治还在说给她听："你知道，亲爱的，我不能再继续下去了，万事都有个结束。"他还在向她展示他衬衫腋窝处生出的汗渍，让她闻到这令人战栗的气味：男人的味道，带着肥皂和薰衣草香味内衣散发的味道……她有些意外，几乎有些失望地发现自己还活着。

乔治温柔、殷勤、真诚，一直在重复那几句充满矛盾的话：声明他要离开，但又想解释这并没有那么严重。

"我们在一起曾经很幸福，我最大的幸福，是你给我的，我肯定我死的时候会想着你。然而我是一家之主，如果我是这样一个男人：躲避责任，无视承诺，对妻子、孩子、家庭、孙儿，只是手指打个响的男人，你还会爱我吗？"

她很想大声喊叫："是，我会爱你这个样子，这甚至是我第一天就想从你那里得到的东西。"然而就像她一直的习惯，她没有说一句话，别伤害他，尤其不要伤害他，乔治的幸福在艾梅看来比自己的幸福更重要。她就是这样忘我，爱了他二十五年。

乔治继续说："我老婆一直希望我们去法国南方安度我们的晚年，因为两个月后我就要退休了，我们在戛纳①买了一幢别墅，今年夏天我们就要搬过去。"

比起离开这件事，"安度我们的晚年"这个表述更让艾梅震惊。因为对他的情妇，他一直把自己的家庭描绘成一座监狱。她从"安度我们的晚年"这个词语上发现，乔治在另一个世界，另一个她无法闯入的世界，继续感受着他是妻子的丈夫和孩子们的父亲。

"我们的晚年"！艾梅仅仅是一个插曲。"我们的晚年"！

---

① 法国南部靠地中海的旅游城市，以电影节出名。

如果说他曾经在她耳边说过些爱情誓言，如果说他的身体不断需要她，那她只不过是他的一场艳遇。"我们的晚年！"最后是另一个女人（那个对手，那个受到威胁、被鄙视的女人）赢了！只是她知道这一切吗？她有没有意识到同她丈夫一起搬到夏纳，就是在她身后留下一个被击垮的软弱无力的女人，一个二十五年来一直希望取代她位置的女人，一个几分钟前还在这么希望的女人？

"回答我，亲爱的，说点什么呀……"

她睁大眼睛瞪着他。什么？他居然跪了下来？他搓揉我的手？他又想干什么？他肯定马上要哭了……他总是哭在我前面……这很讨厌，我永远都不能让他怜惜我，因为是我得先去安慰他。很实用，这样，当他有需要时，他表现得像个男人，当对他有好处时，他又可以表现得像个女人。

她盯着这个匍匐在她脚下的六十来岁的老男人，突然感觉他是完全陌生的。如果不是她头脑中的理性部分告诉她这个是乔治，是她迷恋了二十五年的男人，她会站起来大声说："你是谁？你到我家里来干什么？谁允许你碰我的？"

就是在这一刻（她感觉他变了的那一刻），她也变了。看着她脚下这个染过头发，唉声叹气，口水沾到她膝盖和双手的恶俗家伙，艾梅·法瓦尔蜕变成另一个艾梅·法瓦尔，也就是后来那个不再相信爱情的艾梅。

随后的几个月中，在新的艾梅和原来的艾梅之间当然还有一些来来回回（在一次轻微的自杀倾向后，有一天晚上她又和他睡了一觉）。然而到了八月份，他搬家以后，新的艾梅终于控制了原来的艾梅。而且更狠——她杀了原来的艾梅。

她惊愕地回忆了她的过去。

我怎么会相信他爱我？他只是需要一个漂亮、善良而愚蠢的情妇。

漂亮，善良和愚蠢……

漂亮，艾梅很漂亮。直到分手之前，所有的人都这么对她说。除了她自己……因为像很多女人一样，艾梅不是她自己所欣赏的那种美貌。她小巧玲珑，苗条，乳房纤弱，她嫉妒那些拥有浑圆巨大乳房的女人，而且她的身材和纤弱是她的一个心结。自从分手后，她更自爱起来，自忖"对随便哪个男人来说，她都绰绰有余"。

善良，艾梅很善良，因为她总是低估自己。独生女儿，母亲从来没对她坦白过生父是谁，只是不断指责她。她完全不懂男人的世界，因此当她进入乔治领导的这家企业做秘书时，她无法抵挡这个比她年长的，在她眼里就是个单纯老实的既像父亲又像情人的男人。那罗曼蒂克又在哪里？她觉得爱上一个不能结婚的男人，似乎更加动人。

愚蠢？在艾梅身上就像在每个人身上都有。愚蠢和智慧住在不同的区域，使她在某些地方很出色，某些地方又很愚蠢：如果说她在工作上表现出很强的能力，进入感情世界时，却显得特别幼稚。她的同事们无数次劝过她和这个男人一刀两断，她无数次感觉不听劝告很痛快。他们是用理性在说话？而她很自豪能听凭自己的内心。

二十五年来，他们分享了日常工作，却从未分享过伴侣间的日常生活！他们的偷情因此更加美丽更加珍贵。他们只能在工作间隙偷偷地匆忙抚摸几下，只有在他借口开冗长董事会的很少的几次机会，她才能晚上在家里接待他。因此二十五年来，他们的关系还来不及受磨损。

乔治在搬到南方去的三个月后开始给她写信。越是随着时间推移，他的信也越来越充满炽热和激情，是分离起的作用？

她没有回信。因为如果这些信是寄给原来的艾梅的，现在是新艾梅收到它们。而新艾梅是不会激动的，她猜到乔治已经对他太太感到厌倦了。她带着轻蔑，浏览着这些美化他们过去的信纸。

他简直在胡言乱语，这个退休老头！按照这种架势，再过三个月，我们要生活在维罗纳①了，我们要叫罗密欧和朱丽叶了。

她保留着原来的工作，让新来的主管显得是个可笑的男人（尤其是当他向她微笑时）。她进行大量的体育锻炼。四十八岁的她，以前没能要孩子，因为乔治已经有孩子。以后她也不想要孩子。

"让他们偷走我最好的年华，榨干我的心，然后有一天人间蒸发，让我一个人更加孤独？噢，我才不呢。再说了，难道要给这个被人类污染得虚弱不堪的地球再添几口人丁？那我要么是个傻子，要么是个冒失鬼。"

她工作的企业遭到了噩运，人们怀念原来的企业主管乔治先生。因企业进行重组，艾梅在五十岁时，并不太意外地失去了工作。

在尝试了几个愚蠢幼稚的培训实习后，她无精打采地寻找

---

① 意大利北部城市，《罗密欧和朱丽叶》故事的发生地。

着其他工作，并碰到了经济问题。她没有多少留恋地把她的首饰盒捧到了旧货商那里。

"您想卖多少钱，女士？"

"我不知道，应该是您告诉我能卖多少钱。"

"就是说……这里面没有什么值钱的东西，都是些假首饰，没有值钱的钻石、足金，没有……"

"我早就料到会这样：是他送给我的。"

"他？"

"自称是我生命中男人的那个人，他送给我这些劣质货，就像西班牙征服者对待美洲印第安人那样。您知道吗？我那时太肤浅了，居然会喜欢它们。所以……它们一钱不值？"

"不值什么钱。"

"这是个混蛋，不是么？"

"我不知道，女士，但可以肯定的是如果一个人爱一个女人……"

"怎么呢？"

"如果一个人爱一个女人，是不会送她这种首饰的。"

"嗯，你看！我就知道是这样。"

她赢了。而珠宝商也很满意这句话，通常这句话是他在另一种情况下说的：当他想说服顾客买一件更值钱的首饰时。

尽管离开珠宝店时只换到了三张可怜巴巴的纸币，但她却满心欢喜，一个专家对她肯定了乔治是个卑鄙的垃圾。

一回到家，她就打开橱柜，在她的物品中搜寻乔治的礼物。东西不仅没多少，品质也让艾梅发笑。一件兔皮大衣，一些尼龙内衣，一块比阿司匹林片剂大不了多少的手表，一本没什么牌子的羊皮笔记本，还闻得到皮子的气味。棉布内衣，一顶除了在英国皇家婚礼上能戴、别的场合根本无法戴的帽子，一条剪去了标签的真丝围巾，黑橡胶内衣。

她扑倒在床上，犹豫着是该哭还是该笑，她咳嗽起来。这就是一段二十五年感情留下的战利品，是她在战争中获取的宝贝……

为了让自己感觉不那么可怜，她使劲鄙视他。他借口不能让她老婆注意到一些经常性的支出或无法说出用途的支出，他对艾梅很少慷慨。慷慨？我说什么？说得过去？甚至连说得过去都没有，一个吝啬鬼，是的！

而我从中得到了荣誉！我一直自豪于不是为了他的钱而爱他的！十足的大傻瓜！我以为在颂扬爱情，实际是在纵容吝啬……

她到客厅去喂她的虎皮鹦鹉，看到了鸟笼上方的毕加索画，恨不得想要掐死自己。

"我的毕加索！这可真正是他把我当傻瓜的证据。"

油画上是一堆分裂的形象，一张脸的拼图。这边一只眼睛那边一只鼻子，额头中间是一只耳朵，据说表现的是一个女人和她的孩子。他带这幅画来的那天是不是有些奇怪？脸色苍白，嘴唇失血，声音急促，颤抖着把画递给她。

"现在我补上了，人家再也不能说我对你从来没有慷慨过。"

"这是什么？"

"一幅毕加索的画。"

她拆开包画的绳子，盯着画，仿佛是为了说服自己，重复道："一幅毕加索的画？"

"是的。"

"真迹？"

"是的。"

她几乎不敢去触碰，怕不小心给弄坏了。她结结巴巴地说："这怎么可能？……你是怎么买到这幅画的？"

"这个，我求你了，永远不要再问我。"

当时，她把这种审慎看成是一个男人为女人花钱时表达出的羞怯。后来重新回想起他当时慌张的样子，她突然冒出一个疯狂的念头，他会不会是偷来的？然而他对他的礼物又是如此自豪……他应该是诚实的。

为了保护她，他建议她只承认这是幅赝品。

"你明白吗？亲爱的，一个生活在廉租房的小秘书不可能拥有一幅毕加索真迹，人家会笑话你的。"

"你说得对。"

"更糟糕的是，如果有人发现真相，你肯定会遭窃的。最保险的办法，请相信我，只要你还留着这幅画，你就说这是赝品。"

就这样，艾梅很少会对到她家里来的客人这样介绍。她会用玩笑的口吻大声笑着补充道："我的毕加索，当然，是假的。"

现在回头看，乔治的花招实在太狡猾了：不断强化她暗示这幅画是假的，从而让她，只有她一个人相信这画是真的！

不过在以后的几个星期里她的感觉是矛盾的，一方面她几乎肯定这是场骗局，另一方面她又希望自己搞错了。不管人家最后告诉她这幅画是真是假，她都会是失望。失望自己处于贫穷状态，或者失望欠了乔治一个情。

她凝视着的这个画框成了旧艾梅和新艾梅的角力场。第一个相信爱情，相信毕加索是真迹；第二个相信乔治是虚情假意，因此毕加索也是假的。

她的失业救济金越来越少，她也愈发对求职感到厌烦。几次招聘面试，她都一点没表现出自己的长处，因为她抱定主意从此不受人愚弄：招聘者看到的是一个生硬、冷漠、封闭、上了年纪，对收入苛求，脾气难搞的女人；不懂得妥协，总怀疑别人要压榨她，她太急于防卫以致显得有些攻击性。她自己没有意识到，她正把自己排除在她想参与的竞争之外。

当她花光最后一点积蓄，意识到如果找不到一个立刻解决的办法，她就要陷入贫穷之中。她本能地冲到存放证件的柜子中，焦躁不安地在抽屉里搜寻一张旧纸片，她在上面记了一个电话号码。她打电话到戛纳。

一个女佣接了电话，记下她的要求，随后消失在豪宅巨大的寂静中。随后艾梅听到了熟悉的脚步声和乔治急促紧张的喘息声：

"艾梅？"

"是。"

"究竟发生了什么事？你很清楚不该打电话到我太太家里来。"

她用几句话，不太费劲地对他勾勒出她目前可怕的窘境。

不应该对他说得太多让自己感觉到可怜，因为她新的玩世不恭的盔甲阻止她对自己心软。她听到电话那头乔治惊慌的喘息声，更让她火冒三丈。

"乔治，请求你帮我一下。"她最后结束道。

"你只需卖掉那幅毕加索。"

她有点不相信自己的耳朵。什么？他居然敢……

"对，我的小亲亲，你只需卖掉那幅毕加索。就是为了这个我才送给你那幅画，为了让你衣食无忧，因为我没法娶你。卖掉你的毕加索。"

她闭上嘴不让自己叫喊出来。就这样，直到最后，他都把她当傻瓜！

"到里斯本街 21 号，去塔奈先生那里，我就是在他那买的这画，当心别被人家知道。去问塔奈老爹，小心。我挂电话了，我太太来了，再见，亲爱的。我时时刻刻都在想着你。"

他已经挂了电话，怯懦地逃跑了，就像他一直做的那样。

怎样的一记耳光！怎样的耳光啊！她活该！她不该打电话给他的！

艾梅深受侮辱，盯着那幅画，发泄着自己的愤怒。

"决不，你听到吗？我不会到任何画商那里去确认我是个大傻瓜，乔治是个混蛋。我已经知道这点了，够了。"

然而两天后，因为电力公司威胁她要断电，她跳上一辆出租车指示道："去塔奈先生店里，里斯本街21号。"

然而到了指定的地方，那里只有一家童装店。她从车上下来夹着那幅画穿过门厅。

"他也许在里间或在楼上。"

在来来回回四次仔细察看了门厅两侧的住户姓名牌后，她找到看门人打听塔奈的新地址，直到她明白富人们住的大楼和穷人是不同的，他们都喜欢隐姓埋名。

临走前她留了个心眼进到童装店："不好意思，我想找塔奈老爹，我想……"

"塔奈？离开这里已经有十年了。"

"哦，您知道他搬到哪里去了吗？"

"搬家？这些人是不会搬家的，消失，就这样。"

"这是什么意思？"

"当赃物积聚多了，就要找个地方藏起来。只有上帝才知道他现在在哪里。在俄罗斯、瑞士、阿根廷、百慕大……"

"我是说……您看……他几年前卖给过我一幅画……"

"哦，可怜的女士！"

"为什么是可怜的？"

那商人注意到艾梅变得面无血色而且语气也急促起来。

"听着，女士，我也不太清楚。也许您这画非常漂亮，肯定很值钱。瞧，我有样东西给您……"

他在一个装满纸片的盒子里搜寻了一番。

"这样，去弗兰德街找马赛尔·德·布莱明斯，这是个行家。"

当她跨进马赛尔·德·布莱明斯的大门时，艾梅完全失去了希望。在能吸收掉一切声音和干扰的深红色丝绒墙幕前，精雕细凿的镀金油画镜框堆积如山，压迫着艾梅，她明白那不是属于她的世界。

一个梳着发髻戴玳瑁眼镜严厉的女秘书，朝她狐疑地看了一眼。艾梅结结巴巴地讲了她那点事，把画拿出来，那个威严的女人带她去鉴定这画。

马赛尔·德·布莱明斯在鉴定画之前先鉴定了一番来访者。艾梅感觉自己被从头到脚审视了一遍，他评估着她的出处，看她身上的衣服和首饰的价值。对于油画，他只瞟了一眼。

"证书在哪里？"

"我没有。"

"出售凭据？"

"这是一份礼物。"

"那您还能得到凭据吗？"

"我想不太可能，那个……人从我的生命中消失了。"

"我明白了，也许您能从画商那里得到，是哪个画商？"

"塔奈。"艾梅几乎有点耻辱地嘟哝着。

他扬扬眉毛，很怀疑地看了一眼。

"这事可不太妙，女士。"

"可是，您可以……"

"看一眼画，您说得对，这是最重要的。有时我们也会碰到若干经过一系列地下和可疑流通之后的杰出作品。还是作品本身更重要，只有作品。"

他换了眼镜，鉴定持续着。他端详油画，触摸镜框，测量，用放大镜仔细察看那些细节，后退几步，然后又重新开始。

终于他把双手放到桌子上："我就不要您付鉴定费了。"

"哦？"

"对，不用在您的痛苦之上再加一点痛苦了，这是幅赝品。"

"赝品？"

"赝品。"

为了挽回一点面子，她冷笑道："我对人家一直是这么说的。"

回到家，艾梅把画重新挂到墙上，挂在她的虎皮鹦鹉鸟笼上方，强迫自己保持清醒，很少人有机会像她这样忍受这些考验。她思考着她所遭受的那些磨难，她的爱情生活，她的家庭生活和她的职业生活。她在卧室的落地大镜子里仔细观察自己，发现自己的身材由于锻炼和均衡饮食，还保持得非常好。还能保持多久？反正这个现在令她自豪的身体，从此以后只会献给她衣橱的大镜子，她不愿意再把它献给任何人了。

她走进浴室，抱着坚定的念头要在浴缸里放松一下，还抱着一个不太坚定的念头想自杀。

为什么不呢？这是个解脱的办法。我还有什么未来呢？没有工作，没有钱，没有男人，没有孩子，马上要面临衰老和死亡。美妙的计划……很显然我应该自杀。

但那只是逻辑推理让她觉得应该自杀，实际上她没任何意愿。她的皮肤渴望浴缸的热水，她的嘴巴想着甜瓜、摆在厨房桌子上的火腿肠。她的手抚摸着大腿无与伦比的曲线，伸进保养得很好的头发中。她放好洗澡水并扔进一颗泡泡浴胶囊，浴缸里散发出一股桉树的香味。

怎么办？继续苟活？

看门人来敲门。

"法瓦尔太太，把你的客房租出去，是不是能解决一点你的问题？"

"我没有客房。"

"有的，朝着运动场的那间小房间。"

"我在那里缝纫和熨衣服。"

"是的，你只要在那里放一张床，就可以租给一些女学生。因为旁边就是大学，不断有女学生来询问有否房间出租……这样在你找到新工作之前，可以帮你对付到月底。当然你的新工作——这不会拖很久的。"

跳进浴缸的时候，艾梅有些感动，感觉不得不感谢她以前并不相信的上帝，能送来这样一种解决问题的方式。

此后的十年里，她把房间租给隔壁大学城的女学生。这份额外的收入加上社会最低保障金，足够她生活，一直到退休的年龄。她把接受房客当成了真正的职业，因此她选择房客时必须经过鉴定，并对谨慎的出租人总结出六条建议：

1. 要求提前一个月付房租，有父母确切可信的联系方式；

2. 对她的房客，直到最后一天都要表现得像一个忍受外人住进来的女主人；

3. 倾向于选择长女而不是最小的女儿，因为她们更温顺些；

4. 倾向于选择小康人家的女儿而不是有钱人家，这些女孩更规矩，少一点骄横；

5. 永远都不要允许她们讲述自己的私生活，否则她们会带男孩子来；

6. 倾向于选择亚洲人而不是欧洲人，她们更礼貌，更谨慎，有时更感恩，甚至会送你礼物。

虽说艾梅从不留恋任何女房客，但还是喜欢可以不一个人生活。每天简单交谈几句，对她已足够。她很乐意让这些年轻女孩子感觉到她比她们更有生活经验。

如果不是医生在艾梅体内找到一个可疑的肿块，这种生活可能会一直持续下去。医生发现她的癌细胞已经扩散，这消息（与其说她听到的不如说是她猜到的）让她感到轻松，不用再为生活而挣扎。她唯一进退两难的是，这个学期是否还有必要出租房间？

这年十月份，她刚接受了一个连续第二年住这里的年轻日本女孩——正在攻读化学学士的久美子。

她向那个谨慎的女学生吐露了心事："是这样的，久美子，你看，我得了很重的病，大部分时间肯定要在医院度过了，我感觉没办法再留你继续住了。"

年轻姑娘的悲伤让她非常吃惊，她一开始有些怀疑，认为女孩的眼泪主要是怕作为外国人有可能流落街头。后来她才明白女孩确确实实为艾梅的遭遇感到难过。

"我帮助你，到医院看你，做好吃的饭，照顾你。即使我住到大学城，还是会花时间在你身上。"

可怜的孩子，艾梅想，在她的年纪，我也是那样天真和善良，当她经历过和我一样的人生之路后，她就会没热情了。

面对这种关切，艾梅有些为难，没有勇气赶走久美子，而是继续租房子给她。

很快，艾梅就离不开医院了。

久美子每天晚上去医院看望她，她是唯一的探视者。

艾梅从来没有受到过如此的关切。某一天，她看到久美子的微笑，感到就像一剂膏药，让她觉得人类还没有这么堕落下去。而另一天，当这个日本女孩充满关切的脸出现时，她开始反抗在她临终时有这样一种僭越。人们就不能让她安安静静去世吗？这种情绪的变化，久美子认为是疾病进一步严重的关系。因此尽管艾梅粗暴拒绝、责骂和愤怒，久美子还是原谅这个临终病人，并不改对她的安慰和关心。

有一天晚上，日本女孩犯了一个自己浑然不知的错误，却完全改变了艾梅的态度。医生告诉病人说新的医疗方案很令人失望。言下之意是你的日子不长了。艾梅坦然处之，她感到某种程度的解脱，可以看成是一种休战。无需再抗争，从此也不用再经受那些考验人的治疗，终于可以从希望康复和担心的折磨中解脱，她只需一死。因此，艾梅是带着一种平静的心情告诉久美子治疗失败的。然而日本女孩的反应却很强烈，她哭泣、叫喊，并拥抱她。暂时平静之后，重新流泪。当她终于平静下来能开口说话时，久美子抓起手机打电话给三个日本人。半小时后，她带着胜利的神情对艾梅说，如果在那里，在她的那个岛国上治疗艾梅，人家可以给她用法国完全没有的治疗方案。

艾梅无动于衷，疲倦地忍受这份爱心表现，等待久美子离开。这个小姑娘居然敢搅和她的死亡！她怎能用康复再来折磨自己？

她决定要报复。

第二天当久美子的黄皮肤鼻子在医院里一露面，艾梅就张开双臂呼唤她："亲爱的久美子，过来，拥抱我一下！"

几声哽咽和几次温柔拥抱后，她用一种虚弱的断断续续的声音发表一个重大的充满爱意的决定，认久美子为女儿。是的，在她眼里，这是她渴望拥有却不曾得到的女儿，陪伴她度过生命最后的日子，让她感觉自己在这个世界上还不至于那么孤单。

"哦，我的朋友，我年轻的朋友，我最重要的朋友，我唯一的朋友……"她的动机走样得如此真诚，以致最后自己也被感动了，不是在做假，更多是在表达心声。

"你是多么善良啊，久美子，就如我在你的年纪时一样善良，二十岁。那时我相信人类、相信爱情、相信友谊。你就像我当年那样天真，可怜的久美子。总有一天你会像我一样失望的，我挺可怜你，亲爱的朋友，你知道吗？坚持住吧，尽可能久地保持你现在的样子！背叛和失望是随时可以发生的。"

突然她回过神来，记起她的计划，复仇计划。所以她接着说：

"为了奖励你，为了让你相信人类的美好，我有一个礼物给你。"

"不，我不需要。"

"不，要的，我留给你我唯一值钱的东西。"

"不，不用，法瓦尔太太。"

"要，我遗赠给你我的毕加索。"

年轻姑娘张大嘴巴愣住了。

"你注意到我虎皮鹦鹉笼上的那幅画吗？那是一幅毕加索的画，是真迹。我总说它是赝品，是为了避免嫉妒或招引小偷。不过久美子你可以相信我，那真的是一幅毕加索真迹。"

女孩子愣住了，脸色苍白。

艾梅颤抖了一下。她会相信我吗？她会怀疑这是一场骗局吗？她懂不懂艺术呢？

泪水从久美子的丹凤眼中滚落，她绝望地抽泣起来，断断续续："不，法瓦尔太太，你留着毕加索，你会好起来的。如果你卖了毕加索，我把你带去日本，新的治疗。"

哦，她信了我的话，艾梅想。她马上接着说：

"就是为了你，久美子，我才坚持到现在。行了，别浪费时间了，我撑不了几天了。我已经准备好遗赠声明，快到走廊里去找几个证人来，这样我就可以安心离开了。"

当着医生护士的面，艾梅签署了那些必要的文件，证人也加上了他们的签名。久美子泪如雨下，收好证明，表示明天一大早就来看她。她依依不舍地离开，直到消失在走廊之前还在给她递着飞吻。

清净了，终于一个人了，艾梅望着天花板微笑。

可怜无知的人，她想。做你的发财梦吧，我死后，你会更加失望的，那时你就有一个正当的理由来哭泣了。从现在到那时，我再也不要看到你。

很显然那个艾梅并不相信的上帝听见了，因为第二天她就陷入昏迷，几天后，在她无意识的情况下，一剂足量的吗啡带走了她。

四十年后，久美子·克鲁克成了全日本最富有的女人。她是世界美容业女王和联合国儿童基金会的亲善大使，因为她的成功、威望和慷慨，她成了深受媒体喜爱的年长女士。面对媒体，她如此评价自己的人道主义行为："我把利润的一部分投入到帮助穷人减少饥饿和医疗救助的事业中，那是为了纪念我年轻时结交的一位了不起的法国朋友——艾梅·法瓦尔。她在弥留之际，赠给我一幅毕加索的画，卖掉画所得的钱使我成立了自己的公司。尽管我对她来说只是个泛泛的陌生人，她却坚持要送给我这份价值无法估量的礼物。从此以后，我很自然地想到我的利润可以用来帮助其他陌生人。艾梅·法瓦尔女士充满爱心，没人像她那样坚信人性。她传递给我的价值观，比毕加索的画更珍贵，无疑是她最美好的礼物。"

没理由不幸福 一

Tout pour être heureuse

事实上如果我不更换发型师的话，一切都不会发生。

如果不是被斯塔西度假回来后那种不可思议的风采所刺激，我的生活仍然会在平静中、在表面的幸福下继续。斯塔西焕然一新！她的短发造型让她从被四个孩子搞得筋疲力尽的小资中年妇女，变身为一个充满活力的漂亮金发女郎。当时，我还有些怀疑她修短刘海是为了转移别人对一次成功美容手术的视线（这是我所有做过拉皮手术后的朋友都会做的事）。不过当我确定她的脸没有经过任何外科手术时，我深信她找到了理想的发型师。

"理想的发型师，亲爱的，太理想了！毛发工坊，维克多·雨果大街。对，人家向我提起过的，可是你知道的，对我们的发型师就像对丈夫那样：在很多年里我们确信自己拥有的是最好的！"

我忍住了对这个夸张店名的讽刺挖苦，毛发工坊。我记住了要以她的名义找一名叫大卫的发型师。"那是个天才，亲爱的，真正的天才。"

当天晚上，我告诉萨米埃尔我要改变形象。

"我想我要去换个发型。"

他有些吃惊地看了我几秒钟。

"为什么？我觉得你现在的样子很好啊。"

"噢，你总是很满意，你从来不批评我。"

"你责备我是无条件支持者……你对自己有什么不满意的呢？"

"没什么不满意，我只是想换一换……"

他仔细听着我的话，仿佛这些表面无价值的话语，能暴露出一些更深层的想法。这种探寻者的目光促使我改变话题并离开屋子，因为我不愿意为他的洞察力提供研究土壤。如果说我丈夫最主要的优点就是对我无微不至的关心，那么这种关心有时也让我感到压力：我随便说一句话便会被研究、分析、挖掘，以致我有时和朋友们开玩笑说，我嫁了个精神分析师。

"你还抱怨什么！"她们回答我，"你很有钱，他又帅又聪明，他爱你，对你言听计从，你还想要什么？要孩子？"

"不，现在还不想要。"

"那你没理由不幸福。"

"没理由不幸福。"听到这句话我还能说什么呢？他们对别人是不是也经常用这句话，或者只是留给我的？如果我想稍微自由表达点儿什么的话，我就要迎面接受这句："你没理由不幸福。"我感觉人家在对我喊："闭嘴，你没有权利抱怨。"让我碰一鼻子灰。可我并不是要抱怨，我只是想带点幽默地稍稍表达我在情感上的些许不舒服……也许因为我的音色有点像我母亲，带点潮湿、诉苦的意味，给人感觉我总是在抱怨？或者因为我富二代的身份，嫁得又好，就被禁止在社会上表达出任何一点复杂的感受？尽管如此，我还是有那么一两次担心内心的秘密会从我的语句中钻出来。不过这种担心持续的时间不会超过打个冷战的时间，因为我肯定会控制自己，保持完美形象。除了萨米埃尔和我自己，以及几位因职业操守而守口如瓶的专业人员，别人都不知道这一切。

我就这样去了维克多·雨果大街的毛发工坊。在那里，我需要好好回想发生在斯塔西身上的奇迹，才能忍受他们的这种迎客态度。那些身着白罩衫的女迎宾员生硬地问了一些关于我的健康、饮食、体育运动及头发既往史一类的问题，以便给我度身定制一套"头发护理计划"。接下来她们让我在印度靠垫上靠十分钟，给了一杯闻起来像奶牛粪一样的蒂萨茶，然后把我带到大卫跟前。他得意扬扬地向我宣告他马上就来接待我，仿佛我通过了某种邪教组织的考验，他可以接纳我了。最糟糕的是我还不得不表示感谢。

我们上楼，那里有一间布置简洁高雅的客厅，装修风格好似在说"注意了，我深受印度几千年智慧的启迪"。一排赤足的女人在替人服务：修指甲，修脚，按摩。

大卫仔细研究了我的头发，我观察到他敞开衬衣里浓密的胸毛，心想，这是不是发型师必备的条件啊。这时他已经有了方案：

"我要剪短一点你的头发，在发根稍微加深颜色，然后把左侧的头发弄得平一点，右侧的蓬松一点，一种真正的不对称性。您需要那样，否则您的脸太中规中矩，看上去有点被禁锢，我们要把您的幻想释放出来。来点自由，对，自由；来点出人意料。"

我用微笑代替回答。实际上如果我有足够勇气表现诚实的话，我会把他撇下一走了之。我讨厌任何看人精准、任何试图接近我的隐秘并开始怀疑的人。不过最好还是忽略他的评论，利用这位理发师的手艺，让我的外表更能掩饰内心世界。

"开始我们的尝试吧。"我鼓励他道。

"您要不要我们同时护理一下您的双手？"

"非常乐意。"

命运就是在这一刻发生骤变的。他喊那个正在玻璃架子上收拾产品的叫娜塔丽的女人，这个女人一看见我，手里的东西立刻掉到地上。

瓶子破碎的咔嚓声惊扰了这间美发的圣殿。娜塔丽一边嘟哝着道歉，一边飞快下楼找工具收拾。

"没想到我对她的效果这么大。"为了缓和气氛，大卫开玩笑说道。

尽管我点点头，但并不轻易被骗过：我能感觉到这个娜塔丽的恐惧，就像一阵风吹到我脸上。一定是我的目光惊着她了，为什么呢？我不觉得我认识她（我很善于记住别人的外貌），但我还是在记忆中搜寻着。

她上楼后，大卫用一种温和但略有不满的声音说："好了，娜塔丽，现在这位女士和我在等你了。"

她脸色重新变得苍白，绞着手说："我……我……我感觉有点不舒服，大卫。"

大卫把我留下一会儿，同她一起到休息室，几秒钟后他回来了，跟着另一位女服务员。

"莎奇拉来替您服务。"

"娜塔丽病了？"

"女人毛病多，我想。"他用一种鄙视所有女人及她们莫名其妙的情绪的口吻说道。

意识到自己流露出讨厌女人的口气，他马上收住话题转而又在谈话中运用起他的魅力来。

从毛发工坊出来，我不得不承认斯塔西说得有道理，这位大卫确实是拿理发剪的天才。我在经过的每个能照见人影的橱窗前都要放慢脚步，我看见一个我喜欢的微笑着的漂亮陌生人。

萨米埃尔在客厅看见我时，一口气差点没喘上来，应该承认我推迟并精心准备了我的回家亮相。他不但盯着我不停地赞美，还打算把我带到白宫——我最喜欢的餐馆，好让人家看见他娶了一位多么漂亮的太太。

这么多欣喜盖过了修指甲事件的影响。我没等到真需要修剪头发时就回到毛发工坊，想享受他们那里的其他服务项目。事情再一次发生了。

一共有三次，娜塔丽看到我就脸色大变，想办法远离我并借故不为我服务，不和我打招呼，或躲到店铺里面。

她的态度令我十分吃惊，我倒对她产生了兴趣。这个女人大概四十来岁，和我差不多。体态柔弱，细腰宽臀，手臂修长有力。头微微前倾，跪着为客人服务，显得很谦卑。尽管在一家很高档很时尚的神秘会所工作，但她不显山露水，与她那些感觉自己就是奢华部部长的同事们不同，她表现得更像一个忠实的女仆，安静得像个奴隶。如果不是她看见我就逃，我应该会对她很有好感……搜寻记忆的角角落落，我敢肯定我从来没遇到过她，我也不可能对她的职业生涯造成过什么伤害，因为在我领导的现代艺术基金会，我并不负责招聘事宜。

经过几次服务后，我摸到了她的恐惧所在：她尤其害怕我注意到她。实际上她对我没有敌意也没有怨恨，她只是希望在我出现的时候，变得透明，让我看不见她。

我得出的结论是她掩饰着一个秘密。作为掩饰自己的高手，我非常确信我的判断。

就这样我做了件不可挽回的事，我去跟踪她。

我坐在紧邻毛发工坊的酒馆帘子后，戴一顶帽子，半张脸藏在宽大的墨镜后。我盯着那些下班的女职员，就这样等到了她。娜塔丽和她的同事们打了个招呼，就单独下到一个地铁站。

我跟在她后面随人流涌入地铁，幸亏我有预见性，事先准备好了地铁票。

我十分谨慎，所以无论在车厢还是在换车的时候，她都没有发现我，再说高峰时间也帮了我不少忙。被摇晃的车厢晃来倒去，被乘客挤来压去，我觉得那情形很可笑又很有趣。我从来没跟踪过一个男人，更不用说女人了。我的心简直要跳出来，就像小时候尝试某个新游戏。

　　她在意大利广场出站，并拐进一个购物中心。在那里我怀疑好几次和她擦身而过，她显得很熟悉那里，匆忙采购着晚餐所需的物品，与坐地铁时一样，她并没有注意到周围的环境。

　　终于她提着满满的购物袋，拐到鹌鹑小岗街。这个从前的平民区，是大革命时代留下的，由工人住的简易房屋组成。一个世纪以前，那些可怜的无产者，被遗忘、被排挤到首都的边缘。如今，一些新贵用大价钱买下这里的房产，只为寻找某种感觉。所花的钱可以在巴黎中心购买一套豪华公寓了，一个普通的女职员可能住在这里吗？

　　她穿过那些公寓群和花圃，进入工人居住的区域，我这才感到放心。那里有仓库、作坊、布满铁轨的空地。她穿过一道宽大的疏于清洗的栅栏门，走进一个院子尽头一间有陈旧百叶窗的简陋小屋。

　　就这样，我的调查到了头。如果说我有趣地玩了一下，却什么也没得到。我还能怎么样呢？我仔细辨认了下门铃边这个院子和仓库里六个租客的名字，没一个名字能带给我什么答案。顺道，我还发现了一个著名特技演员的名字，我记起看过一个纪录片，讲述他在这个院子里准备他的巡回演出。

然后呢？

我没有在进一步行动，尽管盯梢很好玩，但没带给我什么收获。我仍然不明白为什么我一出现这个女人就惊恐万分。

如果不是看到了一件令我差点晕倒、不得不扶住墙壁的事，我本来是打算原路折回的。这怎么可能呢？我是不是疯了？

我闭上眼睛又睁开，似乎为了抹去脑海中这个由想象造成的幻觉。我俯身向前，第二次仔细看着那个沿路走过来的身影。

对，肯定是他。我刚刚看见的就是萨米埃尔，我的丈夫，萨米埃尔，但是年轻了二十岁。

年轻人悠哉地走下斜坡，背上装满书的书包看上去不会比一个运动包更沉。他双耳插着随身听的耳机，脚步随音乐的节奏轻轻晃动。

他从我面前经过，礼貌地朝我笑笑，穿过院子，走进娜塔丽的房子。

我花了好几分钟时间才能动弹一下身体，我的大脑立刻明白了这是怎么回事，尽管我的另一部分在抗拒和挣扎。让我没法接受的是，当这个少年从我身边经过，他白皙光滑的皮肤，浓密的头发，修长的双腿及摇摇晃晃有点放浪的步伐，让我立刻对他产生一种强烈的渴望，仿佛我突然掉入了情网。我有一种冲动，想捧着他的脸，吮吸他的双唇。我这是怎么了，通常我并不是这样的啊，通常我与此相反……

我很意外地碰到了我丈夫的儿子，他的翻版，比他年轻二十岁，触发了我的一种情欲兴奋。其实我应该首先对这个女人感到嫉妒，而我却愿意投入到她儿子的怀抱中。

显然，我做事总有点出格。

肯定是这样，所以这种故事才会发生……

我花了好几小时才找到回家的路。实际上，我一直在漫无目标地走着，直到夜色降临，直到一个出租车扬招点让我想起该回家了。很幸运的是这天晚上萨米埃尔因为被一个会议拖住了，我可以不用向他解释也不用问他什么。

之后的几天我借口头疼来掩饰自己的消沉，萨米埃尔很紧张。我用新的目光来审视他对我的照顾：他知不知道我已经知道了？肯定没有。如果他过着一种双重的生活，他又怎能表现得如此体贴?

由于担心我的身体状况,他减少了工作时间,每天中午回来和我一起午餐。谁都不会看到我所看到的,谁都不会怀疑我丈夫。他表现得完美之极,如果他是在演戏的话,那么他是世界上最伟大的演员。他的柔情看上去是真实的:他不可能假装担心到急出汗来,在我表现出情况好转时他那种松口气的感觉也不像是假装出来的。

我仍然很困惑,不是因为看见了他儿子,而是困惑于萨米埃尔是否仍和那个女人有联系。他是否知道这一切呢?是否知道她给他生了个儿子?也许这只是以前的一段旧情,以前的一个旧情人。这个娜塔丽因为他和我结婚而深感绝望,因此隐瞒怀孕的消息,把男孩留在自己身边。他有多大年纪呢?十八岁⋯⋯正好是在我们一见钟情之前⋯⋯我最后说服自己事情就是这样。那个被抛弃的女人背着他生了一个孩子,这肯定是她看到我时惊慌失措的缘故,苦涩噬啮着她的心。再说了,她看上去不像是一个坏女人,更多像一个被忧伤蚕食的女人。

在装了一个星期的头疼之后,我决定让身体好起来,我要把我们——我和萨米埃尔从担忧中解脱出来,我请求他把拉下的工作补回来。作为条件,他让我发誓,一旦有什么问题,马上打电话给他。

我在基金会待的时间不超过一小时，只是核实一下我不在时它一切运转正常。我没有告诉任何人，就钻入巴黎地下，坐地铁去了意大利广场，仿佛那个奇怪而具有威胁性的地方，只能用这种地下的方式抵达。

我事先并没什么计划和策略，但我必须要证实我的假设。我没费什么周折就找到那条不大起眼的路，那里住着那男孩和他的母亲。我在看得见那扇大门的第一条长椅上坐下。

我想怎样呢？和邻居搭讪，和当地居民闲聊，用这样或那样的方式打探。

在空等了两个小时后，我想抽烟了。对一个不抽烟的女人来说，有点奇怪，不是么？对，我感觉这很有意思，说到底，这一段时间我一直在做一些不寻常的事。比如跟踪一个陌生人，使用公共交通，发现我配偶的过去，坐在一把长椅上等待，买烟。

选择什么牌子呢？我对香烟一点经验都没有。

"来包一样的。"我跟在一个刚刚买了一包烟的老顾客后面对老板说。

他递给我烟，等我给他准确的数目，那是断了烟的老烟鬼要为他的烟瘾所付的钱。我递上一张我认为面额足够大的票子，结果，他低声抱怨着找给我几张纸票和一堆硬币。

我一转头，碰到了他。

萨米埃尔。

当然是青年萨米埃尔，萨米埃尔的儿子。

他对我的吃惊感到好笑。

"对不起，我吓着您了。"

"不，是我自己有点昏头昏脑，我不知道有人正好在我身后。"

他退到一边让我过去，买了一包薄荷糖。像他父亲一样和善而有教养，我忍不住这么想。我觉得对他有一种巨大的好感，甚至不止这些，一种说不出的感受……仿佛被他的气息被他动物般的本真所陶醉。我不愿意看着他走远。

我在路上追上他：

"先生，先生，对不起……"

被一位比他年长的女士（他会猜我多大年纪呢？）称为先生，他吃了一惊，朝四周看了一眼，确定我是在叫他，于是他在对面的人行道停下等我。

我随口编了个谎话。

"不好意思打搅你，我是记者，正在做一个关于当下年轻人的调查报告，我想问你几个问题，不知是否唐突？"

"怎么说？在这里吗？"

"最好是坐下来喝一杯，就在刚才你吓我一跳的咖啡馆好了。"

他笑了，这个主意吸引了他。

"什么报纸？"

"《世界报》。"

他赞许的眼神流露出能和这样一份有名的报纸合作他感到很荣幸。

"我很乐意，但我不知道我对当下的年轻人是否具有代表性。"

"我不需要你代表当下的年轻人，你只要代表你自己就好了。"

我的话显然说服了他，他跟着我走了。

面对着两杯咖啡，我们开始了谈话。

"您不做记录吗？"

"当我记不住的时候，我会做笔录的。"他赞许地看了我一眼，一点都没有怀疑我一连串的虚张声势。

"你几岁了？"

"十五岁！"

顷刻，我的假设灰飞烟灭了。十五年前，萨米埃尔和我已经结婚两年了……

我假装要一块糖来掩饰我的失态，我起身，走了几秒钟，然后重新坐下。

"你对生活的期待是什么呢？"

"我超级喜欢电影，我希望成为一名电影导演。"

"你最喜欢的导演都有谁呢？"

一说到他喜欢的话题，年轻人变得滔滔不绝，正好让我有时间思考下一个问题。

"你这份对电影的热爱是不是受家庭影响呢？"

他大笑起来。

"不，肯定不是。"

他看上去突然对自己这种无师自通而不是来自遗传的口味很自豪。

"那你母亲呢？"

"我妈她更喜欢看电视连续剧之类的。您看，就是那些长达几星期的焖肉，讲的都是些家庭秘密、私生子、情杀等等……"

"她做什么工作呢？"

"做一些零工，有很长一段时间她都是上门照顾一些上了年纪的人。现在她在一家美容院工作。"

"那你父亲呢？"

他沉默了。

"这也是您调查的范围吗？"

"我不会泄露你的任何隐私。请放心，你只会以化名的形式出现，并且我不会写任何让别人认出你父母的内容。"

"哦，这样，那太好了！"

"我感兴趣的是你和成人世界的关系，你是怎样看待成年人，如何考虑自己的未来。就是这个原因，你和父亲之间的关系很有启示意义，除非他已经过世，如果是这种情况，那真的请你原谅。"

因为我突然冒出一个想法，这个娜塔丽也许会用死亡来解释他的缺席。我为如此冒犯这个男孩有点颤栗。

"不，他没有死。"

"哦……那出走了？"

他犹豫着，其实我和他一样为这种矛盾的处境而痛苦。

"没有，我经常见到他……因为一些私人的原因，他不喜欢我们提到他。"

"他叫什么？"

"萨米埃尔。"

我几乎崩溃，我已经不知道怎样接上台词也不知道该怎样演下去。我装着还要一块糖，站起来到柜台，然后又折回。快点，快点，想想再问点什么！

当我再次坐下后，倒是他改变了态度，显得很放松。他微笑着有一种一吐而快的欲望。

"反正，因为您用化名，我可以什么都告诉您。"

"当然了。"我努力不让自己发抖。

他在长椅上靠了靠让自己感觉更放松。

"我父亲是个非常了不起的家伙。他不和我们生活在一起，尽管十六年来他非常爱我母亲。"

"为什么？"

"因为他已经结婚了。"

"他有另外的孩子？"

"没有。"

"哦，那他为什么不离开他妻子呢？"

"因为她疯了。"

"你说什么？"

"她会接受不了的，会立刻自杀，也许更糟，她什么都能做得出来。我想他同时有点怕她又可怜她。为了弥补，他对我们非常好，他成功地让我们——妈妈、妹妹和我相信，我们只能这么过日子。"

"哦，你还有妹妹？"

"对，两个妹妹，一个十岁，一个十二岁。"

尽管那个男孩还在继续说，我一个字也没听进去，我头痛欲裂。他的叙述我什么也没抓住，实际上那应该是我最感兴趣的，因为我一直在窥伺探寻的就是我刚刚知道的那些：萨米埃尔建立了第二个家庭，一个完整的家庭，但仍然和我生活在一起，借口我神经有点问题。

我是怎么找托词匆忙离开的呢？我不知道。总之我叫了一辆出租车，在汽车玻璃的掩饰下，我泪如雨下。

没有比接下来几星期更糟糕的了。

我失去了坐标。

萨米埃尔对我来说完全是个陌生人了。我以为的对他的了解，对他的尊重，我爱情立足的信任感，所有这一切都轰然倒塌：他有着双重身份，他在巴黎的另一个街区爱着另一个女人，一个有三个孩子的女人。

孩子，尤其是孩子折磨着我，因为在这点上我无法抗争。一个女人作为情敌，我还可以同她较量一番，但是孩子……

我整天整天地哭，无法在萨米埃尔面前有所掩饰。在试图和我谈了几次后，他央求我去看我的心理医生。

"我的心理医生，为什么是我的？"

"因为你经常去他那里。"

"为什么你要暗讽是我的心理医生，他生来就是为了治疗我，为我一个人吗？"

"对不起，我用了'你的'心理医生，我应该说'我们的'才对。因为我们一起去他那里有好多年了。"

"对，为了能起到点作用。"

"那是很有用的，伊莎贝尔。这让我们得以接受我们本来的样子，接受我们的命运，我替你约个时间吧。"

"你为什么要让我去看心理医生呢？我并没有疯掉。"我大声抗议道。

"不，你没有疯。但是如果我们牙疼，我们会去看牙医。如果我们灵魂有伤痛，我们就去看心理医生。现在，请相信我，因为我不能让你这么下去。"

"为什么？你打算离开我吗？"

"你在说什么呀？我向你保证，相反我不会丢下你这样子不管的。"

"丢下我，你说丢下我？"

"你神经真的太紧张了，伊莎贝尔。而我，感觉自己安慰不了你，反倒让你更加烦躁。"

"这点，至少是显而易见的。"

"你对我有什么不满的？说出来，说出来让我们解决掉。"

"'让我们解决掉'！你看，你还是要离开我……"

他把我搂到怀里，尽管我挣扎了一下，还是温顺地靠在了他身上。

"我爱你，你听见吗？我不想离开你。如果我愿意的话，很久以前我就可以这么做了。当……"

"我知道，用不着再说了。"

"偶尔说一下，对我们还是有好处的。"

"不，不用说，禁区。谁都不要涉足，结束。"

他叹了口气。

靠在他的胸口上，靠在他的肩上，在他温暖气息的安抚下，我渐渐安静下来。一旦他不能陪伴我时，我又开始胡思乱想。萨米埃尔留在我这里是不是为了我的财富？外人，不管是谁，肯定都会这么想。因为他只是一家大集团普通的出版顾问；而我，继承了几百万元及一大批不动产。面对我的财富，我认为萨米埃尔的态度是谨小慎微的：如果说我们结婚后他继续工作，那是为了不依赖我，为了能用他"自己的钱"给我买礼物。他拒绝接受我的赠与，坚持我们的婚姻采用非夫妻共有财产制，完全不是一个贪婪和有所企图的伴侣所为。那他为什么要和我保持婚姻，却又在别的地方有女人和孩子？也许他爱这个女人还不够爱到与之共同生活？或许……他不敢对她直说……她看上去太普通了……要么，他拿我做挡箭牌，为了不和一个美甲师搅在一起……说到底他更愿意和我在一起……可是他的孩子们呢？我了解萨米埃尔：他怎么能够抵御和孩子在一起的欲望和需要承担的责任呢？必须有一种足够强大的动力阻止他这么做……什么动力呢？我吗？不能带给他这一切的我……或者是怯懦？一种天生的怯懦？据我朋友们说这种怯懦是男人最主要的性格……快到傍晚的时候，我还是理不出什么头绪，最后我不得不承认他儿子也许说得有道理，我差不多快疯掉了。

我的状态越来越糟，萨米埃尔也是，出于某种蹊跷的共情，他疲惫的眼睛周围的黑眼圈越来越深，忧虑写在他脸上。我能听得见他上楼到我房间来时沉重的脚步声，我躲在房间里不肯再出去。

他希望我能敞开心扉，向他解释我痛苦的根源。自然，这应该是最好的办法，然而我还是拒绝了。从小时候起，我就有一种把事情反着做的天赋，我总是避开良好的解决方式。毫无疑问如果我当时能开口对他说，或者请他说，我们也许能避免后来的灾难……

赌气，固执，深受伤害的我什么都不说，盯着他就像盯着仇人。无论我从哪个角度去想他，他都像个叛徒。当他不是在愚弄我的时候，他愚弄的是他的情妇或者孩子。他是否珍视了太多东西或者什么也不珍视？我面前的这个男人是一个优柔寡断的人抑或是世界上最玩世不恭的人？他到底是谁？

我在这些困惑中筋疲力尽，我迷失自己，茶饭不思，越来越虚弱，人家给我打了几针维生素，最后不得不给我输液。

萨米埃尔看上去也好不到哪里去，不过他拒绝关心自己，因为深陷痛苦者是我。他的忧心忡忡，以及他的老情妇啃噬着他最后一根爱情骨头，这一切我都喜闻乐见，我才不会克服自私，起念要人家也去照顾他一下。

肯定是萨米埃尔叫来的，我原来的心理医生费尔登汗大夫来看我。

尽管我很想对他倾诉我心中所想，但我还是抵抗了三次诊疗。第四次时，我实在倦于绕圈子，向他讲述了我的发现：情妇、孩子、一个秘密家庭。

"你终于说出来了，"他说道，"确实到你该吐出这些骨头的时候了。"

"噢，是吗？你这么认为？这满足了你的好奇心，可对我来说什么都没有改变。"

"亲爱的伊莎贝尔，我冒着让你大吃一惊，尤其冒着会被吊销执业资格的风险，要打破我一直保守了很久的秘密，我知道这些事已经有很多年了。"

"你说什么？"

"自从弗洛里安出生后就知道了。"

"弗洛里安，谁是弗洛里安？"

"你询问过的那个年轻人，萨米埃尔的儿子。"

听到他这么熟悉地提到毁了我婚姻、毁了我幸福的人，我感觉一股怒火升腾而起。

"是萨米埃尔告诉你的吗？"

"是的，他儿子出生后。我想这个秘密对他来说太沉重了。"

"魔鬼！"

"别匆忙下结论，伊莎贝尔。你有否考虑过生活让萨米埃尔处在多为难的境地？"

"你开什么玩笑？他没理由不幸福。"

"伊莎贝尔，对我来说不是这样的。别忘了，我，我是知道的，我知道你得了一种非常罕见的病……"

"请你闭嘴。"

"不，闭嘴只会带来更多问题，而不是解决办法。"

"反正没人知道这是怎么回事。"

"女子性无能？萨米埃尔，他，他知道是怎么回事。他娶了一位漂亮有趣、富有魅力、为他深爱的女子，但他从来没能和她做爱，从来没有进入她的身体，从来没有和她一起达到高潮。你的身体对他是完全封闭的，伊莎贝尔，哪怕经过了无数次尝试和无数次治疗。你是否想过，有时这会让他灰心丧气吗？"

"有时？不，是一直。你知道吗！一直！其实，我也是如此痛恨我自己，深深自责。可这又有什么用呢？有时我倒是更愿意十七年前当我们发现这一切时，他就抛弃我！"

"但是，他还是留下了，你知道这是为什么吗？"

"是，为了我的几百万家产！"

"伊莎贝尔，我不这么看。"

"因为我是疯子！"

"伊莎贝尔，对不起，别这么对我说。为什么？"

"因为他可怜我。"

"不，因为他爱你。"

一种内在的深深的沉默席卷了我，仿佛一层冰雪裹住了我。

"是的，他爱你。尽管萨米埃尔是个正常男人，像其他男人一样他需要进入一个女人的身体，需要孩子。但是他爱你，继续爱着你。他做不到离开你，而且，他也不想离开你。你们的婚姻能让他宁静地生活，这也能解释他有时会在外面有一些需要。某天，他遇到了这个女人，娜塔丽。他想如果同她保持关系，有个孩子，他就有愿望和力量离开你，但是没用。所以他不得不与他的新家庭保持距离，不常在。孩子们肯定不知道真相，但娜塔丽，她，她知道并接受了这一切。结果，十六年来，对萨米埃尔，一切都不轻松。他拼命工作，以便给两个家庭带回钱。对你，买一些礼物，对他们，则要养活他们。为了关心两边的家庭，他心力交瘁，几乎没怎么想到过他自己，只想到你，想到他们，还要加上负罪感的折磨。远离娜塔丽和他的儿女们生活，他深深自责；而长期对你撒谎，他同样感到自责。"

"那么，就让他做个选择好了！他必须取舍，让他去和他们过好了，并不是我要阻止他。"

"伊莎贝尔，他永远都做不到。"

"为什么？"

"他爱你。"

"萨米埃尔？"

"他用一种充满激情，却难以理解、难以摧毁的献身精神爱着你。"

"萨米埃尔……"

"他爱你胜过一切……"

费尔登汗大夫站起身，结束了他的话。

我心里充满了新的柔情，我不再与自己或者与那个陌生的萨米埃尔抗争。他爱我，他是如此爱我，因此掩藏了他的双重生活，并把这种生活强加给一个可以对他敞开身体，可以给他带来孩子的女人。萨米埃尔……

我满心喜悦地等着他，我要迫不及待地把他的头捧在手里，在他额头上亲吻，感谢他对我如此坚贞不摧的爱情。我要向他宣告我的爱情，我那吝啬、任性、怀疑、充满嫉妒的爱情，我那可怕的不纯洁的爱情现在突然被净化了。他将看到我理解他，他什么都不该向我隐瞒，我愿意把一部分财富分给他的那个家庭。如果那是他的家，也是我的。我要向他展现，我可以超越小资产阶级的社会习俗，像他那样，为了爱情。

七点钟，斯塔西过来看看我的情况。她看到我微笑着已经平静了，放了心。

"我很高兴看到你现在这样。哭哭啼啼了几周后，现在你完全变了样。"

"这可不是毛发工坊的原因，"我笑着说道，"因为我意识到我嫁了一个多么出色的男人。"

"萨米埃尔？哪个女人不想嫁啊？"

"我运气很好，不是么？"

"你？你的运气好得简直邪门。对我来说，做你的朋友有时是件艰难的事。你拥有保持幸福的一切元素。"

八点时斯塔西起身告辞。我下决心同自己的麻木不仁告别，下楼去配餐室帮助厨娘准备晚餐。

九点，萨米埃尔还是没有回来，我竭力保持镇静。

十点，我有点沉不住气了。我在萨米埃尔的手机上至少留了二十次短信，没有回音。

十一点，焦虑完全吞噬了我，我穿上衣服开出汽车，没多想就直奔意大利广场方向。到鹌鹑小岗路时，我看见那扇栅栏门大开着，一些人围着那灰蒙蒙的小屋进进出出。

我快速冲进开着的门，穿过前厅，朝有光亮的地方走去。我看见娜塔丽瘫坐在一把扶手椅上，孩子们和邻居围着她。

　　"萨米埃尔在哪里？"我问道。

　　娜塔丽抬起头，认出了我，黑色的眸子露出一丝惊恐。

　　"求你了，"我重复道，"萨米埃尔在哪里？"

　　"他死了，就在刚才。六点的时候，在和弗洛里安打网球时，心脏病发作。"

　　为什么我的反应从来都不会正常？我没有瘫倒、哭泣、大喊大叫，反而转向弗洛里安，扶起泪流满面的男孩儿，把他搂在怀里安慰他。

赤脚公主 一

La princesse aux pieds nus

他非常急迫地想再见到她。

当大客车载着一队人马通向西西里那个山村的盘山公路爬坡时，他没法再去想别的事。也许他签约这次演出就是为了重返此地？否则他为什么要接受？那出戏他并不怎么感兴趣，对自己扮演的角色更加不感兴趣，而且对于这种种的无趣，他只能挣一点小钱。当然啦，他其实也没多少选择余地：要么他接受这一类工作，要么永久放弃演员生涯，做一份他家人眼里的"正经职业"。因为很多年以来，他都没资格对角色挑肥拣瘦了，他最辉煌的生涯出现在他刚出道的时候，只持续了两三季。当时的他有一副令人无法抵挡的外貌，别人还没有意识到他的演技其实很拙劣。

就是在那个时代，在这个皇冠般扣在山顶的小镇上，他遇见了她，那个神秘女郎。她有什么变化吗？肯定的，但也许变化不大。

再说了，他也没有多少改变。法比约还保持着年轻人般的一流身材，尽管他现在既不年轻也不一流了。不，如果说他今天缺乏好角色可演，并不是因为他身体有多少退化（他仍然很受女人欢迎），而是因为他不具备配得上他容貌的才华。他并不忌讳讲这些，包括对他的同事或导演。他觉得才华和容貌都是天赋的东西，他得到一样，缺少另一样，那又怎样呢？不是每个人的生涯都能达到顶峰。他满足于自己微小的生涯，这对他很合适，因为他喜欢的并不是演戏（否则他可以做得更好一点），而是这样一种生活：旅行、交友、玩耍、掌声、餐馆、与他发生一夜情的女人。对，就是这种生活，而不是人家给他计划好的生活。有一点可以相信他，他在尽可能拖延时间，逃避回到家族农场。

"这个农夫的儿子，却有着王子般的容貌。"这是在他的职业生涯初始，当他在一部风靡意大利整个夏季的电视连续剧《莱奥卡迪奥王子》中出演时，电视杂志一篇文章的标题。那是个让他风光无限的角色，这个角色让他收到了几千封女观众的来信，有挑逗的、有恭维的、有困惑的，所有人都钟情于他。《莱奥卡迪奥王子》的成功让他在另一部德、意、法合拍的电视连续剧中出演一位炫目的百万富翁，但就是这个角色让他败走麦城。不仅他外貌带来的轰动效应已成过去，而且人物的复杂个性、不确定性、多样性和矛盾性，对演技要求极高。开机伊始，人家就叫他"模特儿"，媒体也借用这个绰号来评论他糟糕的演技。这之后，法比约只有两次机会出现在摄像机前，一次在德国，一次在法国。因为在这两个国家，引人注目的百万富翁经过专业演员配音后，他的戏份会给人一点幻觉。然后，就没得到过什么值得一提的角色了。今年冬天，他在一家怀旧的有线电视台看见了早上四点重播的连续剧《莱奥卡迪奥王子》，他带着沮丧重新审视，发现故事是如此愚蠢，同他演对手戏的演员也很平庸，和他一样销声匿迹了。尤其是过于紧身的衣服、鞋跟可笑的鞋子和蓬松得像美国 B 级系列剧中某位女演员的头发，还有落到右眼的那撮刘海，遮住了视野，使他规整的脸愈加缺乏表现力。总之唯有他的二十岁，才让他在屏幕上的形象情有可原。

汽车转弯后，那个中世纪的小镇又出现了，高贵的、至高无上的、半月形的城堡和高耸的防御墙令人心生敬畏。她一直住在那里吗？他怎么才能找到她？他甚至都不知道她的名字。"就叫我多纳泰拉吧。"她低声对他说。当时他还以为这就是她的真名，几年后，当他琢磨这句话时，意识到她只是给了他一个假名。

为什么这次邂逅让他如此刻骨铭心？为什么十五年之后他还会念念不忘？尽管此后他有过几十个女人。

　　肯定是因为多纳泰拉显得很神秘，而且仍然神秘着。女人让我们感兴趣，是因为她们总能制造一些神秘。一旦她们不再让我们感到好奇，也就不再吸引我们。她们以为男人只是被她们的大腿根部吸引？错了，男人首先是被她们的浪漫情怀吸引，然后才是性。证据：如果他们渐行渐远了，白天的缘故更甚于夜晚。比起晚上男人女人忙着相互融化彼此，大白天明晃晃太阳底下的交流使女人头上神秘的光晕黯然失色。法比约经常有冲动想对女人们说：留住黑夜，抹去白天吧，你可以把男人留得更久。不过他忍住了，一小部分原因是出于谨慎，以免吓跑她们。更多原因是他相信她们不会懂：她们一直认为男人们只想着做爱，而他认为追逐女人的高手（像他那样的），是一些寻求神秘的神秘主义者。他们更喜欢女人身上没有给予他们的那些东西，而不是她们丢过来的那些。

　　多纳泰拉是在五月的一个晚上出现的，演出结束后，在市立剧场的后台。那是他在电视上红极一时的两年后，已经开始走下坡路，人家已经不需要他在荧屏上出演，但凭着还剩下的一点小名气，人家给了他舞台上的一个主要角色，出演高乃依的《熙德》。大段大段的韵文独白，他并没有搞懂，只好带着不安去演出。从舞台上走下来时，他的幸福不在于演好了角色，而在于到结束时他没有出错，就像一名运动员跑完一段不经常跑的距离。虽然那时他还没有像今天这么清醒，但还是能感觉到观众更喜欢的是他的脸，甚至是他的腿，一条连袜裤更突出了他双腿的魅力。

一只装满开着黄褐色兰花的巨大花篮，在演出开始前摆在了化妆间的门前，没有附随任何卡片。演出时，如果没轮到他说台词，他便会忍不住在观众席中寻找，看谁会送他这么一份豪华的礼物。白色的舞台灯光很刺眼，让他无法看清黑暗中的观众，再说，还有这倒霉的演出……

在一阵礼貌的掌声之后，法比约匆忙回到化妆间，迅速冲了个澡，喷了点古龙水，因为他预感到那个送花篮的人很快就会出现。

多纳泰拉在后台的走廊里等着他。

法比约看见一位非常年轻的女人，长发垂肩，用一枚编织的头箍卡住，向他伸出了优雅的手腕。

仍然沉浸在骑士风格角色中的法比约不假思索地行了一个吻手礼，通常他很少这么做。

"是您吗？"他问道。他想到了那些兰花。

"是我。"她点头道，垂下乌黑发亮的长睫毛。

她的双臂和双腿从一条丝绸或平纹布（他说不清面料）的长裙中不经意露出，裙子轻盈飘逸，昂贵的东方丝织品，正是一个身姿柔软、体态妙曼的女人会选择的那种。一枚奴隶手镯箍住她洁白的手臂，尽管对于她，"奴隶手镯"这个词并不合适：人们感觉是在欣赏她指挥奴隶，甚至把人变成奴隶，就如克利奥佩特拉①那样。对，西西里某个山岗上的克利奥佩特拉，浑身散发着一种高贵的力量，混杂了性感、羞怯和狂野。

"我想请您吃夜宵，能赏光吗？"

还有必要回答这个问题吗？再说，他回答了吗？

法比约只记得他挽起她的胳膊一起走出去。

一到外面，走在古老村子的石阶路上，在朦胧的月光下，他注意到她赤足走路。她察觉了他的惊讶，主动说道："对，我觉得这样更自由。"

她说得如此自然，让人觉得无可辩驳。

这是何等愉悦的散步啊，沿着凉爽的墙根，空气里弥漫着

---

① 埃及艳后。

茉莉花和茴香八角的香气，他们手挽手静静地登上了城堡的最高处，那里有一座无比豪华的五星乡村酒店。由于她径直朝门口走去，法比约做了个拉她一下的动作。因为无论如何，他是负担不起在此地进行一次征服的。

多纳泰拉仿佛看穿了他的心思，因为她安慰道：

"您别担心，他们已经准备好了，在等我们。"

当他们走进大堂时，所有侍者排成两行，朝他们弯腰行礼。挽着这位迷人女子的手臂，从两排训练有素的服务生面前经过，法比约感觉就像挽着新娘的手臂走向祭台。

尽管他们是这家美食酒店的唯一顾客，人家还是把他们安排在一间包房，给他们一个私密的环境。

酒店主人用一种极亲切的态度称年轻女人"公主"，伺酒师也如此，大厨也一样。法比约猜想这个年轻女人可能是到这里来小憩几天的某位王妃，肯定是鉴于她的身份，人们原谅她的这种古怪行为，接受她赤脚来进晚餐。

侍者给他们上了鱼子酱，很名贵的酒，菜肴一道接一道，极有创意，鲜美无比。两个人把酒对斟，谈话是富有诗意的：他们谈论演出的剧目，谈论戏剧、电影、爱情、感情。法比约很快明白要避免提一些私人问题，因为公主对此三缄其口。他发现她邀请他吃饭是因为她是那两部让他出名的电视剧的粉丝。出乎他意料的是，在她令他印象深刻的同时，他意识到自己在那些罗曼蒂克角色光环的笼罩下，也令她印象深刻。

吃甜点时，他试着握住她的手，她没有抵抗。他用一种全新的配得上他所演角色之优雅，向她表示，他只渴望一件事，能拥她入怀。她颤抖了一下，垂下眼睑，又颤了一下，低声喃喃道："请跟我来。"

他们朝通向客房的宽大楼梯走去，她一直把他带到她的套房。法比约还从未见过如此豪华的房间，刺绣的丝绒、丝绸、波斯地毯、象牙托盘、细木镶嵌的扶手椅、水晶酒壶、银质酒杯，构成一种奔放的风格。

她关上门，解开脖子上的飘逸的围巾，她让他明白，她属于他。

是否因为这东方童话般的装饰？是否因为唤起人情欲的酒精和菜肴？是否因为她，如此神秘，既野性又开化，既复杂又本能？总之法比约度过了一个非同寻常的情爱之夜，他一生中最美丽的一个夜晚。而在十五年之后，他的确可以这么说了。

早晨太阳刚一露面，他就从身为情人的脆弱睡眠中醒来，回到了白天的现实。为了下午和晚上的演出，他还得和剧团一起奔波八十公里，早上八点半就会有人在旅馆大堂等他。剧务肯定又要大发雷霆，要惩罚他。所以美梦结束了！

他匆匆穿上衣服，但注意不弄出声响，这是他能延长梦境的唯一方法。

离开房间之前，他凑近他要撇下的躺在带有华盖大床上的多纳泰拉，她是那么苍白、纤细、瘦弱，唇间带着一丝微笑。她还在熟睡中，法比约不忍心叫醒她，在想象中他与她说再见。他还记得他甚至想过要爱她，永远爱她。然后，他就走了。

现在客车穿过城堡的城门，载着绿色蜗牛剧团朝市立剧院开去。剧团经理来到车前，沮丧地撇撇嘴宣布道："票只卖出了不到三分之一。"似乎是在抱怨他们。

十五年之后，当年他离开多纳泰拉时心里想的，是真的，他爱她……他仍然爱她，也许更甚。

故事没有结局，也许正因为这个原因，故事还在继续。

从城堡山顶上一路狂奔下来，法比约正好赶到旅馆取自己的行李，舞台总监把他化妆间的兰花和行李放到一起。法比约跳上汽车（那时他作为主角，有一辆专用的加长轿车和司机，不用像今天这样和剧团的人一起挤在大客车里），他在车里睡着了。随后又发誓要打电话到那座豪华乡村酒店。但是眼下先要背诵出场和结束时的台词，演出，然后还是演出。

他拖延了他的电话，后来他就不敢再打电话了。他平庸的生活占了主导，他感觉像做了一场梦。当他重新回顾这些记忆时，他尤其明白，多纳泰拉好几次暗示过他，这仅是一次一夜情，对她，同样对他，是一场没有明天的美丽艳遇。

他要去打搅她吗？她富有，出身高贵，肯定已经结婚了。他最终接受她给予他的定位：一夜放纵。他感觉很有意思，自己成了一种玩物，她手中的一个玩具，成为她幻想的对象。他体会到的是怎样的快乐啊，她是那么温柔，那么优雅地向他提出这个要求……

大客车终于停止了轰鸣，他们到了。在去剧场报到之前，绿色蜗牛剧团的人可以有两小时的自由时间。

法比约在他狭窄的房间放下行李，就朝乡村酒店的方向走去。

在路上走着，他感觉自己的企望是那么可笑。他为什么想象着会与她重逢？如果那时候她住在那家酒店，说明她不住在这一带，所以没有任何理由他能在今天重新见到她。

他有点苦涩地想：反正我又不是去赴约，也算不上是个调查，我只是在完成一次朝圣，我在自己的记忆中行走，记忆中的那个年代，我年轻、英俊、出名，一位公主渴望我。

来到酒店面前，他比当时更加吃惊，因为现在的他更懂得物品的价值：必须有足够的收入，才能住得起这种地方。

他犹豫着要不要推门。

他们会把我赶出去的，第一眼就能看出我连在吧台上来杯鸡尾酒的钱都付不起。为了鼓起勇气，他记起自己是演员，他有一个出色的外表：他决定进入角色，然后跨过门槛。

在接待处，他避开年轻职员。转向一位六十多岁的看门老者，他可能不但在此工作超过了十五年，应该还有作为看门人的鲜活记忆。

"请原谅，我是法比约，演员。十五年前我在这里住过，您那时已经在这里了吗？"

"是的，先生。那时我是电梯工，我能帮您什么？"

"是这样的，曾经有位非常漂亮的年轻女人，一位王妃，您不记得了吗？"

"很多王室成员都在我们这里住过，先生。"

"她让人家叫她多纳泰拉，不过我怀疑……这里人对她说话时称呼她为'公主'。"

握着金钥匙的看门人在记忆中搜寻着。

"我想想，想想，多纳泰拉公主，多纳泰拉公主……很不好意思，我想不起这是谁。"

"不，您应该能想起来的，她除了很年轻、很漂亮，还有点儿古怪，比如她赤脚走路。"

被这个细节刺激了一下，看门人调动起另一部分记忆，他突然叫道："我想起来了，应该是罗莎。"

"罗莎？"

"罗莎·隆巴尔蒂！"

"罗莎·隆巴尔蒂。我早就怀疑多纳泰拉只是她用来度过一个晚上的假名字。您有她的消息吗？她回来过这里吗？我承认她是那种令人难忘的女人。"

看门人熟练地抵住柜台，叹口气道："我当然记得了，罗莎……她在这里做侍女，是厨房洗碗工佩皮诺·隆巴尔蒂的女儿。她得白血病的时候，还是那么年轻，可怜的姑娘。您知道，那种血液里面的病……我们大家都非常喜欢她。我们是那么怜惜她，大家决定在她去医院死去之前，努力实现她的一个愿望。可怜的孩子，她那时多大？十八岁……她从很小的时候，就赤脚在村里走路，我们就开玩笑，叫她赤脚公主……"

我们都是奥黛特 一

Odette Toulemonde

镇静，奥黛特，镇静。

她是如此热烈、如此急迫、如此兴奋，感觉自己就要飞起来了，飞离布鲁塞尔的街道，飞离成排建筑的外墙，掠过房顶，追随蓝天上的鸽子。无论是谁看到她从艺术山轻快飘下的身姿，都会觉得这个头发卷成大波浪，插一根羽毛的女人，有点像一只鸟……

她就要见到他了！见到真人……靠近他……也许还能触碰到他，如果他向她伸出手来的话……

镇静，奥黛特，镇静。

其实上她已经四十多岁了，心却像少女一样狂跳。每次在人行道停下等待从横道线过马路时，一种针刺般的感觉都会从她大腿流到脚踝，让人几乎就要冲出去，她恨不得从汽车顶上飞过去。

当她到达书店时，这个重大日子里的顾客队伍已经排得老长，人家告诉她大约需要等待四十五分钟才能轮到她出现在他面前。

书店把他的新书堆成塔型，像圣诞树一样漂亮，她从中拿起一本紧抱在胸口并与排在身后的人聊起来。虽说这些都是巴尔塔扎·巴尔桑的女读者，但没有一位像奥黛特那样勤奋、专业和入迷。

"就是说我读过他所有的书，每一本都很喜欢。"她说道，似乎对自己的通晓有点儿抱歉。

当她发现自己是这群人中最了解作者和其作品的人时，她感到一种巨大的自豪感。因为她出生低微，因为她白天是售货员，晚上是羽毛加工者，因为她知道自己不太聪明，因为她是从沙勒罗瓦①——那个被遗弃的煤矿城市坐公交车来这里的，所以她不无高兴地发现，在这些布鲁塞尔的中产阶级女人中，她有一种超级粉丝的优越感。

书店中央，有个被射灯照亮的高台，就像电视演播台那样，巴尔塔扎·巴尔桑当然并不陌生。对于签名售书这样的场合他保持着应有的好心情，在十二部一如既往成功的长篇小说之后，他不知道自己是否还喜欢这样的签名：一方面这种重复

———————————

① 比利时南部城市。

单调的练习令他厌烦，另一方面他又喜欢与读者见面。不过最近，倦怠夺取了他这种交流的欲望，他更多是凭着惯性在做这件事，而不是出于愿望。他到了职业生涯的瓶颈期，他已经不需要帮着来卖自己的书，但他也害怕书的销量下降，书的质量也如此……也许目前刚出的这最后一部作品，是一本"多余的书"，既不独特，也不似其他必须写的书。眼下，他拒绝被这种怀疑情绪感染，因为每次新书发售时他都能感觉到。

掠过一群陌生人的脸，他注意到一位穿着浅黄和褐色丝绸衣服的漂亮混血女人，远离人群，在那里踱着方步。尽管她忙着打电话，但时不时朝作家投来火辣辣的一瞥。

"那是谁？"他问经纪人。

"你在比利时的公关助理。要我把她介绍给你吗？"

"非常乐意。"

他很高兴能在连续签字后中断几秒钟，他握了握弗洛朗斯伸过来的手。

"这几天我会负责处理您的一些事务。"她喃喃道，有些慌乱。

"那就全拜托您啦。"他十分热情地回答道。

年轻女人的手指回应了他手掌递过去的力量，一丝默许的光芒从她的眸子一闪。巴尔塔扎·巴尔桑知道今晚他不会独自在旅馆过夜了。

情欲一下子被唤醒，他也恢复了活力，带着点贪婪的微笑转向下一位女读者，用一种兴奋的声音问道："这位女士，我能为您做点什么呢？"

奥黛特被他充满男性气息的话音怔住了，脑袋一片空白。

"嗯……嗯……嗯……"她说不出一句话来。

巴尔塔扎·巴尔桑看着她，却并没有看见她，完全是一种职业性的友善。

"您手上有书吗？"

奥黛特没有动，尽管她胸口上就紧抱着一本《原野的沉默》。

"要我给您的这本新书签个名吗？"

她费了很大的劲，总算作出了一个肯定的表示。

他伸出手去拿书，奥黛特误会了，本能地后退一步，踩到了身后的女士。意识到她的失误，她突然挥动书本递过去，动作太生硬，书差点砸到了他的头上。

"什么名字？"

"……"

"是给您自己的吗？"奥黛特点点头。

"您姓什么？"

"……"

"您的名字？"

奥黛特鼓起全部勇气，张大嘴巴，结结巴巴吐出几个音节："……黛特！"

"什么？"

"……黛特！"

她越来越不自在，喘不过气来，几近晕厥。她最后一次发出几个音节："黛特！"

几个小时后，她坐在一条长凳上，天色暗下来，暮色从地面升腾到天空，奥黛特还是没打算回沙勒罗瓦。她沮丧地一遍遍看着那签名，她最喜欢的作家签上了"给黛特"。

她就这样搞砸了与自己梦中作家唯一一次见面的机会，她的孩子们肯定要笑话她了，她们笑得对，还会有另一个像她这般年纪的女人说不出自己的姓和名？

跳上公共汽车后她就忘了刚才的不愉快，并在整个回程路上有一种漂浮感。因为她一读到巴尔塔扎·巴尔桑新书的第一个句子，马上就被一种光明包裹，被带入他的世界。这带走了她的痛苦、她的尴尬，也带走了邻座的谈话声、机器的噪声和沙勒罗瓦破败的工业化市容。多亏了他，她感到陶醉。

回到家里，她踮起脚尖走路，生怕吵醒其他人（主要是为了避免孩子们问到她的失败）。她躺在床上，贴着枕头，看着墙上贴的一幅风景画，那是海上落日余晖前的一对情人的剪影。她没法放下手中的书，床头灯一直亮到她看完书才熄灭。

而巴尔塔扎·巴尔桑这边，却度过了远为肉感的一晚。那个漂亮的弗洛朗斯没费什么周折就把自己交给了他。面对这个身体无懈可击的黑色维纳斯，他努力使自己做个好情人，那种炽热需要他费很大的劲，让他觉得在床上也有点疲倦了。床上的事开始让他力不从心，他自问是否要继续下去，毕竟他到了某个转折的年纪。

午夜，弗洛朗斯打开电视，要看那档有名的文学节目，应该会宣传他的那本书。如果不是正好借机休战恢复一下体力，巴尔塔扎本来是不喜欢看这档节目的。

令人畏惧的文学评论家奥拉夫·平斯的面孔一出现在屏幕上，不知出于何种直觉，巴尔塔扎立即感觉自己将要遭受攻击。

在他的红色镜片后（那是斗牛士的眼镜，准备好挑逗公牛，然后再把它杀死），那家伙一脸疑虑，甚至是厌恶的神态。

"大家希望我评论一下巴尔塔扎·巴尔桑的最后一本书，可以。如果这是真的，如果大家可以肯定这是他的最后一本书，这倒是个好消息。因为我已经受够了，从文学评论角度而言，简直就是一场灾难。一切是那么令人错愕，故事、人物、风格……统统糟糕得很，一成不变，没有起伏，能坚持下来，简直是天才。如果人可以被无聊致死，我昨天晚上就该死了。"

在宾馆房间里，巴尔塔扎·巴尔桑赤裸着身体，腰间围了条毛巾，张大了嘴巴，直接领受了别人对他的摧毁。在他旁边，床上的弗洛朗斯非常尴尬，不停地蹬脚，活像一个落水者想使劲浮出水面。

奥拉夫·平斯悠哉地继续他的杀戮："让我更加为难的是：我遇到过巴尔塔扎·巴尔桑，一个和蔼友善的男人，干干净净，外表看上去有点像个可笑的健身教练，但还是个可交往之人。总之，是女人可以愉快离婚的那种男人。"

奥拉夫·平斯微笑地转向镜头，仿佛他突然就出现在巴尔塔扎·巴尔桑的对面。

"如果你有那么多陈腔滥调，巴尔塔扎·巴尔桑先生，那不该称为小说，应该称为辞典，对，成语辞典，沉思录辞典。接下来，您的书值得去的地方……垃圾筒，越快越好。"

奥拉夫·平斯撕碎了他手里的那本书，然后带着轻蔑扔到身后。这个动作就像致命的一拳挥向巴尔塔扎·巴尔桑。

演播室里，主持人被这种粗暴所震惊，问道："那么，您怎么解释他所获得的巨大成功呢？"

"那些思维贫瘠的人，他们也有权利要一个偶像。那些收集游乐场的布娃娃，或收集旧照片的女看门人、女收银员、理发店女工，肯定会觉得这个作家是理想的人选。"

弗洛朗斯关掉电视，转向巴尔塔扎。如果她是个有经验的公关助理，这种情况下她应该立即提出反驳，她可以说：这是个醋味十足的家伙，不能忍受你的书风靡大众。他边读你的书，边认为你是在招揽读者。因此他自然认为这是一种煽动，怀疑你精湛技巧后面的商业利益，认为你是为了满足市场。再说了，他把公众评判为无尊严的低人一等的人，他的社会偏见简直令人震惊。然而弗洛朗斯太年轻了，很容易被影响，加上也不够聪明，她把批评精神与恶意攻击混淆了。对她来说，结论可能就是这样。

肯定是因为他看到了年轻女人看他时眼神中的轻蔑和歉意，巴尔塔扎从这天晚上起开始陷入抑郁。一些气急败坏的评论，他总是能消化的，但是怜悯的眼神，他永远不能接受，他开始感到自己的衰老、过气、可笑。

那天晚上之后，奥黛特又重读了三遍《原野的沉默》，认为是巴尔塔扎最好的小说之一。她最后还是对吕迪，她的理发师儿子，承认了那天与作家见面时的尴尬。儿子没有嘲笑她，他理解母亲为此感到痛苦。

"那你期待什么呢？你想对他说什么？"

"想告诉他，他的书不但写得好，而且带给我很多安慰，是世界上最好的抗抑郁剂。社会保险应该报销这些书。"

"那么，你没能亲口告诉他，就写信告诉他吧。"

"你不觉得这有点荒唐？我，给一个作家写信？"

"有什么荒唐的？"

"一个写东西很糟的女人给一个很会写的男人写信？"

"还有秃头的理发师呢！"

被吕迪的逻辑说服，她在起居室坐下，把羽毛加工活先放到一边，开始写信。

亲爱的巴尔桑先生：

    我从来不写东西，因为就算我会拼写，也没有诗意。

而我需要很多很多的诗意才能说得清您对我的重要性。实际上，您救了我的命。如果没有您，我早就自杀二十次了。您看，我写得多糟糕，自杀一次就足够了！

我只爱过一个男人，我丈夫安托万。他一直是那么英俊、那么挺拔、那么年轻。就这样一直没有变，真不可思议。不过我忘了说他去世已经十年了，这才保持不变。我不想找人替代他，这是我永远爱他的一种方式。

所以我一个人拉扯大两个孩子，苏-埃兰和吕迪。

吕迪我觉得还行，他是理发师，能养活自己，乐观，友善。他换男朋友似乎过于勤快了点，不过他十九岁，闹着玩。

苏-埃兰那就是另外一回事了，她有点阴郁。生下来就浑身带刺，即使晚上在梦中，她也会抱怨。她和一个傻瓜来往，那是个整天只会倒腾摩托车的小猴子，从来不挣一个生丁。两年来，他就住在我们家，而且他还有个毛病……他的脚臭气熏天。

坦率地说，在认识您之前，我经常感觉我的生活很糟糕，糟糕得如沙勒罗瓦某个星期天下午阴沉的天气；糟糕得如一台你想用的时候却不转的洗衣机；糟糕得如一张空床。夜里，我经常想吞一把安眠药，结束一切。后来有一天，我读到了您的书，就像有人拉开了窗帘让阳光透进来。通过您的书，您展现出在所有的生命里，即使是最卑微的生命，也可以有自得其乐的东西，可以笑，可以热爱。您展示出即使像我这样的小人物，实际上也很有价值，因为最微小的东西，对他们来说都比对别人更珍贵。多亏了您的书，我学会了尊重自己，开始爱自己一点，成为今天大家所认识的奥黛特·杜勒蒙德：一个每天早上都会带着愉快打开窗户，每天晚上带着同样的愉快关上窗子的女人。

您的书，应该在安托万死后，就注射到我静脉里的，这样能让我节省很多时间。

当有一天，当然是越晚越好，您去天堂的时候，上帝会走近您对您说："许多人想感谢您在人世所做的好事，巴尔桑先生。"在这千万个人中就有奥黛特·杜勒蒙德。请宽恕她吧，奥黛特·杜勒蒙德，她迫不及待地等待着这个时刻。

奥黛特

她刚写完信，吕迪就从房间里一阵风似地冲了出来。他刚和新伙伴亲热过，只来得及套上衬裤和穿上衬衫，他们是那么急不可待地告诉奥黛特说，从互联网上看到巴尔塔扎·巴尔桑要到那幕尔①来做一次签名售书，离这儿不太远。

"这样，你就可以把信交给他了。"

巴尔塔扎·巴尔桑并不是一个人来那幕尔的书店，他的出版商离开巴黎陪他来，为了给他打气。结果这让他更加沮丧。

他想：如果我的出版商要陪我几天，这说明情况真的很糟。

也确实如此，那些抨击，就像狼群一样扑过来。奥拉夫·平斯的攻击引发了一系列的围剿。那些到目前为止忍耐着对巴尔塔扎的不满或不以为然的人，开始一吐而快；那些从没看过他书的人，对于他的成功也表现出自己的醋意；而那些本来并没有什么想法的人，也感到有必要参加到讨论中。

巴尔塔扎根本无法招架：他不擅长这个领域，他不喜欢进攻，更缺乏攻击性。他成为小说家只是为了歌颂生活，歌颂生活的美妙和完整。如果他感到气愤，那是为了一些重大原则，倒不是为了他自己。在等待事情过去的过程中，他唯一的反应就是痛苦不堪。这和他的出版商不同，后者当然喜欢利用这次媒体风波，好好炒作一番。

─────────────

① 比利时中部城市。

在那慕尔，读者没有像在布鲁塞尔那么踊跃。因为几天工夫，欣赏巴尔塔扎·巴尔桑已经成为一件很没面子的事，所以他对迎上来的人显得愈加友好。

奥黛特对这些动静一无所知，因为她既不看报纸，也不看电视里的文化节目。奥黛特怎么也想不到，她的偶像作家正度着如此黑暗的时光。

她穿得不像上次那么正式，所以显得很俏丽。借着吕迪拉她到对面咖啡馆硬逼她喝下去的烈酒的酒劲，她颤抖地对巴尔塔扎自我介绍道："您好，您还认识我吗？"

"哦……是……我们，我们在哪里见过……可能是去年……提示我一下……"

奥黛特并没有感到失望，她倒是情愿他记不得上周二她可笑的表现，于是帮他从苦思中解围。

"不，我开玩笑的，我们从来没见过。"

"噢，我说呢，否则我应该会有印象的，我有幸面对的是？"

"杜勒蒙德，奥黛特·杜勒蒙德[1]。"

---

[1] 杜勒蒙德原文的发音和法语"大家，每一个人"一模一样，所以引起作家的误会。

"什么？"

"杜勒蒙德是我的姓。"

巴尔塔扎在听到这个滑稽姓氏时，还以为她是在恶作剧。

"您开玩笑？"

"什么？"

巴尔塔扎意识到自己的蠢话，忙歉意道："哦，我是说，这个姓很特别……"

"在我家族里可不特别！"

奥黛特递上一本新的样书等待签名。

"您可不可以只写'给奥黛特'？"

巴尔塔扎有点走神，为了保证自己没有听错，核实道："奥黛特？"

"对，这个，我父母可没放过我。"

"噢，奥黛特，很好听啊……"

"这名字难听死了！"

"没有啊。"

"很难听！"

"很普鲁斯特化。"

"普鲁……？"

"普鲁斯特……《追忆似水年华》……奥黛特·德·克雷西，斯旺爱着的那个女人……"

"我只见过一些鬈毛狗叫奥黛特的，鬈毛狗。而我，大家都记不住我这名字。为了让人家记住，我是不是也该戴个项圈，把头发弄卷？"

他看着她，不大确定是否真听清了她的话，然后爆发出一阵大笑。

奥黛特凑近，递给他一个信封："给，这是给您的。当我和您说话时，尽说些蠢话，所以我给您写信。"

奥黛特在一阵书写的簌簌声中逃走了。

当他靠在汽车后坐，由出版商陪着回巴黎时，巴尔塔扎曾有瞬间想去读一下那封信。但当他看到劣质纸上印着玫瑰花环和大屁股天使衔着丁香枝的图案时，他没有把信拆开。很显然奥拉夫·平斯说得有道理，他仅仅是收银员和理发店女工的作家，他只配有这一类粉丝。不过他还是把信塞进了麂皮大衣的口袋。

巴黎迎接他的是急剧下跌的人气。不但他那专注于律师工作渐行渐远的妻子对他的境遇没任何安慰，而且他还发现十岁的儿子不得不在学校和那些嘲笑他父亲的胆小鬼打架。他极少收到表示友好的信息，而且没有一个来自文学界。也许这是他的错，因为他从来不和他们来往。

把自己关在圣路易岛宽敞的房间内，对着一部铃声不会响起的电话（这也是他的错，因为他不留电话给别人）。他客观地审视着自己的生活，怀疑自己把生活完全搞砸了。

当然了，伊莎贝尔，他漂亮而冷漠，盛气凌人又野心勃勃的妻子，因继承遗产而富有，在一个弱肉强食的社会里比他如鱼得水的多。他们相互容忍有婚外情，不正好说明了是社会利益的水泥把他们黏合在一起，而不是出于爱情？当然了，他在巴黎心脏地区拥有一套令人羡慕的大房子，但他真的喜欢它吗？墙上、窗户上、书架上、沙发上，没有一样东西是他自己选择的，室内设计师包揽了一切。客厅里放着架没人弹奏的漂亮三角钢琴，那是标准化装修的可笑标志。他的办公桌是用来出现在杂志上的，因为巴尔塔扎其实喜欢在咖啡馆写作。他意识到他生活在一片布景中，更糟的是，这片布景还不是他的。

他的钱都花到哪里去了呢？需要指出的是他看穿了自己跻身于一个并非他来自的社会阶层……他所拥有的没一样能让他真正富有，尽管这一切让他看上去很富有。

如果说他有一种泛泛的清醒，这种差异还从未让他致病，因为他体现在作品中的信仰救了他。而现在这种信仰受到了攻击，他自己也产生了怀疑……他是否写出过哪怕是一本有价值的小说？嫉妒是否是构成这些攻击唯一的原因？如果那些审判他的人是有道理的呢？

脆弱、易激动，他习惯于在创作中寻找平衡，因为他无法在现实中找到。他无法忍受的那种内心挣扎（我是否拥有我所期待的那种才华？）正在变得公开化。直到有一天晚上有好心人告诉他，他妻子与那位奥拉夫·平斯有很密切的交往，他试图自杀。

当菲律宾女佣发现他失去知觉时还不算太晚，急救中心又把他救了回来。经过几天观察后，他被安排到精神病医院。

在那里，他让自己躲进舒服的沉默中。如果不是他妻子的突然造访改变了医疗进程，他肯定会在几星期后回应那些试图帮助他的耐心而关切的心理医生。

听到关车门的金属碰撞声，他只在窗口瞥了一眼就确认是伊莎贝尔，正在把她的大车停在院子里。他飞快收拾了一下自己的物品，拿上大衣，踢开通向消防楼梯的门。下楼时他核实了一下，是否带着那辆车的另一串钥匙。随后他跳上伊莎贝尔的汽车，启动发动机，而那时她正从电梯上楼。

他漫无目标地开了几公里后有些惊慌。他要去哪里呢？无所谓。但一想到去了什么人家里必须要费劲解释一番，他就泄气了。

他在高速公路的一处休息站停下，正当他搅拌一杯过甜的混杂了纸杯味道的咖啡时，他触到了麂皮大衣口袋里一个硬硬的东西。

他百无聊赖地打开信，叹口气想：纸张的奇怪品味还不够，他的粉丝还要在信里附上一个粘着羽毛的细毡红心。他用眼梢扫了一眼信，但读完后，他哭了。

躺在放倒的汽车座椅上，他读了有二十遍，以致可以倒背如流。每次诵读，奥黛特单纯而热烈的灵魂冲击着他，她最后倾泻的话语就像一帖止痛膏。

当有一天，当然是越晚越好，您去天堂的时候，上帝会走近您对您说："许多人想感谢您在人世所做的好事，巴尔桑先生。"在这千万个人中就有奥黛特·杜勒蒙德。请宽恕她吧，奥黛特·杜勒蒙德，她迫不及待地等待着这个时刻。

当他感觉用完了这封信的安慰效果后，他启动汽车决定去寻找这几页纸的作者。

这天晚上奥黛特·杜勒蒙德正在准备奶昔，是那个可怕女儿苏-埃兰最喜欢的甜点。后少年时代的她，戴着古怪的牙套，从一场面试到另一场面试，却一份工作也未得到。有人按响门铃时，奥黛特正哼着小曲端着打散的蛋白。这样难弄的工作被打断，她有些恼火，快速擦了擦手，甚至没来得及在尼龙围裙外套上一件衣服就去开门，因为她认定这是同楼层的哪位邻居。

当她看到虚弱、疲惫、胡子拉碴的巴尔塔扎·巴尔桑，拎着一个旅行袋，焦躁地看着她，并递上一个信封时，她张大嘴巴，惊呆了。

"是你给我写的这封信吧？"

奥黛特有些慌乱，以为他要斥责她。

"是……可是……"

"喔唷，我总算找到你了！"

当他长舒一口气时，奥黛特仍然呆立在原地。

"我只有一个问题要问你，"他说道，"希望你能回答我。"

"什么？"

"你爱我吗？"

"是的。"她毫不犹豫回答道。

对他来说，这是极其宝贵的一刻，他全身心咀嚼这一刻，没想过当时的场景对奥黛特来说有些尴尬。

奥黛特有些为难地搓着手，不敢说出让她苦恼的那件事，不过最后终于忍不住了："我的蛋白发泡……"

"什么？"

"我的麻烦是我正在打鸡蛋发泡，你知道，鸡蛋发泡如果等得太久，它们会……"

她很不好意思地做了个手势，指了指蓬松的鸡蛋发泡。

巴尔塔扎·巴尔桑太激动了，还没有反应过来。

"实际上我还有第二个问题。"

"嗯。"

"我真的可以问吗？"

"是的。"

他眼睛看着地板，不敢抬起头来，像一个做错了事的孩子。

"你可以收留我在你家住几天吗？"

"你说什么？"

"你只要回答是或否。"

奥黛特非常吃惊，想了两秒钟后，用一种很自然的态度回答道："可以，但是请你快点，因为我的鸡蛋发泡！"

她拿过巴尔塔扎的旅行袋，把他拉到屋内。

就这样，在巴黎没人会想到巴尔塔扎·巴尔桑会在沙勒罗瓦，住在奥黛特·杜勒蒙德——一个白天是售货员、晚上是羽毛加工者的女人家里。

"羽毛加工者？"有一天晚上他问道。

"我把羽毛缝到舞蹈演员的戏服上，你知道就像在《疯狂牧羊人》《巴黎赌场》等杂志上的那样。这些……贴补一点我在店里工作的收入。"

巴尔塔扎发现了一种与他的生活正好相反的生活：没有名声、没有钱，然而却很快乐。

奥黛特有一种天分，那就是快乐。在她内心最深处，肯定有一个爵士乐队，循环奏着动人的旋律和纷杂的小曲。没什么困难能把她击倒，面对问题，她寻找解决办法。因为谦卑和简朴构成了她的性格，所以任何时候她都觉得自己过得不能更好了，也就很少感到泄气。所以当她向巴尔塔扎介绍她与领社会救济金的邻居们共同居住的砖砌老房子时，只是指着那些刷成粉色的像夏天冰激凌颜色的凉廊，阳台上摆放着塑料花，走廊里挂着流苏帘子，墙上贴着天竺葵或叼着烟斗的水手画像。

"当我们有幸住在这里时，再也不想搬家，只有到双脚一蹬躺进那个松木盒子里时才会离开……这幢楼，是个小小的天堂！"

她对整个人类充满关爱，用一种充足的智慧与那些自认和她不同的人相处，因为她不去评判他们。所以就这样，她会在走廊里同那对在人工晒黑俱乐部和换妻俱乐部注册的、晒成橘黄色的弗拉芒夫妻打招呼；她对一个自以为无所不知、生硬独断的市政府小职员也亲切友好；她与一个年轻的吸毒女人交换菜谱，那女人已经是五个孩子的母亲，毒瘾发作起来会用手抠墙壁；她去维尔波特——一个腿脚不灵便的，借口只是"说说蠢话"的种族主义者退休老头那里买肉和面包，他总归也是个人。

在家里，她也表现出类似的宽容：儿子吕迪不受约束的同性恋比起女儿苏-埃莱娜的乖戾让她头疼得好一点，她女儿正在度过一个艰难的成长期。尽管从早到晚受到抵触，她还是悄悄地尽量帮助女儿学会微笑，学会耐心，保持信心，也许还能学会离开她的男朋友波洛——一个沉默寡言、贪吃和臭气熏天的寄生虫，吕迪叫他"脓包"。

巴尔塔扎就在这个局促的空间里住下，没人问他什么问题去烦他，似乎他就是一个路过的亲戚，理所当然地住几天。他忍不住把他得到的这种接待，与有朋友想在巴黎他们家住一下时，他自己和妻子的态度做比较。"旅馆，那是用来做什么的！"每次伊莎贝尔都会恼火地这么说，揣测那些不知趣的人会缠上他们，让大家都很难受。

因为没人问他，巴尔塔扎也不问自己在这儿做什么，更没想过为什么要留下来。只要他避开这个确切的问题，他就重新找回了力量。他自己都没意识到这种陌生的社会环境和文化，带给他多么大一种寻根的感觉。他的母亲匿名生下他后，巴尔塔扎在不同的寄养家庭里生活过，都是些正直而卑微的人家，在几年时间里，在自己的孩子中再添加个孤儿。很小的时候他就发誓一定要"往上爬"，在学业上获取成功，他真正的身份将会是一名知识分子。靠着奖学金，他学习希腊语、拉丁语、英语、德语和西班牙语，在公共图书馆如饥似渴地学习文化，准备并考入法国最有名的高等学府——巴黎高等师范学院，外加获得几个不同综合大学的文凭。这些学业上的壮举，原本可以让他得到一份按部就班的工作，大学教师或某个政府部门的顾问，如果不是他在此期间发现了自己的写作天赋，并决定投身于此的话。有意思的是，他在书中描写的并不是他跻身其中的那个阶层，而是他早年所经历过的那个阶层：这显然解释了他作品的一致性和被大众的广泛认可，当然也受到了知识分子的蔑视。成为杜勒蒙德家的一员，把他带回到一种简单的快乐，不带功利的尊重；带着单纯的乐趣生活在一群热情的人中间。

在同邻居的交谈中他得知，对楼里所有的人来说，他就是奥黛特的情人。

当他与那个把车库改成健身房、参加换妻俱乐部的菲利普争辩不是那么回事时，这一位请他别把人当傻瓜。

"奥黛特已经有很多年没把男人领回家了。再说了，我理解你。让自己快活这没啥错。奥黛特是个漂亮女人，要是她愿意和我，我是不会说不的。"

他有些茫然，感觉再争辩下去，对奥黛特的名声反而不好。于是他又带着新问题回到住处。

"我是不是对她有欲望，自己却没有意识到？我从来没有朝这方面想过，她不是我喜欢的那类女人……有点太……我也不知道……反正完全不是这么回事……再说了，她和我差不多年纪……如果我要有什么想法的话，通常会和一个更年轻的女人……可实际上，在这里，每一件事都不正常。再说了，我在这里到底干什么呀？"

晚上孩子们去参加一个流行音乐会，他和奥黛特单独在家，便用了一种不同的目光看她。

在落地灯柔和的灯光下，在安哥拉兔毛衣的衬托下，正聚精会神把一对羽毛缝到缀有假珠宝的织物上的她，看上去分外娇小迷人，这是他以前没有注意到的。

菲利普也许说得对……为什么我从来没有想到过呢？

奥黛特感觉他在看自己，抬起头朝他笑笑，他不再感到拘束。

为了凑近她，他放下书，动手倒了一杯咖啡。

"你有过什么梦想吗？奥黛特？"

"是的，想去海边。"

"地中海？"

"为什么要去地中海？这边就有海，北方的海，也许没那么漂亮，但是更安静、更朴素、更稳重……"

他捧着咖啡坐在她身旁，顺势把头靠在她肩上，她颤抖了一下。受到鼓舞的他，手指从她的手臂、肩膀、脖子上滑过，她浑身颤栗。终于，他凑近她的双唇。

"别，别这样。"

"你不喜欢我？"

"你说什么蠢话……当然喜欢……可是不能。"

"安托万？是对安托万的怀念？"

奥黛特低下头，擦去一滴眼泪，十分忧伤地说道："不，不是因为安托万。"

巴尔塔扎以为障碍已清，便把他的唇贴到奥黛特的唇上。

一记响亮的耳光打疼了他的脸颊，纠结的奥黛特赶紧又用手指抚摸他的脸。

"哦，对不起，对不起。"

"我不明白，你不愿意……"

"打痛你了吗？噢，对不起。"

"你不想和我睡觉？"

第二记耳光就是回答。然后奥黛特从沙发上一跃而起，逃离客厅，把自己关在卧室里。

在菲利普的车库里过了一夜之后，为了不使处境更加尴尬，第二天巴尔塔扎决定离开。当他的汽车朝高速公路开去时，他还是想到了要去吕迪上班的理发店弯一下，给他留下一沓钱。

"我必须回巴黎去了，你母亲累了，渴望去海边。拿这点钱在那里租个房子，好不好？千万别说是我给的钱，就说你得了一笔奖金，行吗？"

没等对方回答，巴尔塔扎跳上了汽车。

在巴黎，形势在他缺席期间有所好转，因为人家开始讲别的事情了。他的出版商一点都不怀疑，假以时日，巴尔塔扎可以重新赢得媒体和读者的心。

为避免碰到他妻子，他趁她上班时间迅速回家，给她留下一张纸条让她对他的现状放心。再说了，她会担心吗？他收拾好一箱子行李，到他儿子正在滑雪度假的萨瓦省。

我肯定能在周围找到一间出租的房间。

他一找到儿子，儿子法郎索瓦就不愿离开他了。和他一起滑了几天雪后，巴尔塔扎意识到自己是个不合格的父亲，他要竭力补偿对儿子迟到的关爱。

而且，他不断发现儿子的脆弱和焦虑，法郎索瓦很想被别人接受，和大家一样，然而又为不能充分舒展天性而痛苦。

"因为假期快到了，我们去海边怎么样？只和我一个人去。"

作为回答，男孩狂喜地扑进他怀里。

复活节时，奥黛特生平第一次面对北方的大海。她有些手足无措，在沙滩上胡乱用手指划来划去。一望无际的大海、蓝天、沙滩对她来说是一种超过消费能力的奢侈，她感觉自己正在享受一种不该得的宝藏。

突然她感觉脖子有点发烫，开始强烈想念起巴尔塔扎来。当她转过身来，她看到他站在堤岸上，手里牵着他的儿子。

他们的重逢令人激动但又很温和，彼此小心地避免伤着对方。

"我又回到你这儿了，奥黛特，因为我儿子需要上一课。你仍然给人上课吗？"

"你说什么？"

"关于幸福的课程？"

他们把巴尔塔扎父子安顿在租来的别墅里，仿佛很自然地他们就该是在那里。假期开始了。

当生活又恢复正轨后，奥黛特觉得有必要解释一下她对巴尔塔扎的耳光。

"我不愿和你睡觉是因为我知道你只是我生活中的过客。你来，然后你又会走。"

"我又回来了。"

"你还会走的……我又不笨：在巴黎大作家巴尔塔扎·巴尔桑和沙勒罗瓦女售货员奥黛特·杜勒蒙德之间是没有共同未来

的。太晚了，如果我再年轻二十岁，也许……"

"和年龄完全无关……"

"当然有关系。年龄意味着我们的生活更多已在身后而不是在未来，意味着你是那种活法，我是另一种活法。巴黎与沙勒罗瓦，有钱与没钱，一切都已成定局。我们可以擦肩，但我们无法再相遇。"

巴尔塔扎并不很清楚自己要在奥黛特身上期待什么，但他需要她，这他很清楚。

接下来，他们的故事与众不同。也许她做得对，阻止他们的关系朝庸常的男女之情发展。但她也可能搞错了，她是否在禁锢自己的身体？是否在安托万死后惩罚自己处于一种不可理喻的守寡中？

有一天晚上在渔民家里即兴进行的舞会中，他更加意识到这一点。在音乐中释放自己的奥黛特跳起了桑巴舞。她性感地扭动腰肢，优雅、俏皮，显露出一种他之前从未在她身上看到过的既淫荡又无邪的女人味。就在这几分钟里，巴尔塔扎围着她稍稍摇摆了几步，在肩膀的触碰和腰肢的扭动中，巴尔塔扎感觉完全可以同她上床。

在皎洁的月色下，她向他招供一个率真的想法："你知道吗，巴尔塔扎，我并没有爱上你。"

"哦？"

"是的，我不是钟情于你，我是热爱您。"

他觉得她的表白是迄今为止他收到的最美丽的表白，并且比他书中虚构的表白更美丽。

作为回答，他递给她一个文件夹，里面放着他刚完成的小说。那是自他们相遇后他所写的。

"书名是《别人的幸福》，我讲述好几位寻找幸福而不得的人物的命运。他们找不到幸福，是因为他们继承或接受了不适合他们的幸福观：金钱、权力、婚姻、身价、双腿修长的情人、跑车、巴黎宽敞的复式房、默热沃①的小木屋、圣特罗佩②的别墅，所有这一切不过是过眼烟云。尽管他们很成功，但他们不幸福，因为他们活在别人的幸福里，是别人眼里的幸福。这本书是我欠你的，你可以看看开头。"

在荧光灯下，她凝视着书的扉页，上面写着"献给奥黛特"。

她感觉如此轻盈，感觉头顶好像触碰到了月亮，感觉心脏

---

① 法国冬季旅游胜地。
② 法国地中海沿岸的海滨胜地。

差点跳出来。她吸了口气，把手放到胸口上喃喃道："镇静，奥黛特，镇静。"

如果说子夜时分，他们只是行了贴面礼，相互祝愿做个好梦，巴尔塔扎认为在剩下两天里，他们将顺理成章地成为情人。

第二天一个意外在等着他。当他和法郎索瓦、吕迪及苏-埃兰骑车远足回来时，见他的妻子和出版商正在客厅里耐心等待。

当他看见伊莎贝尔，立即察觉来者不善，正想对她发作，奥黛特阻止了他。

"不要责怪她。是我，仅是我一人促成这次聚会的。请坐，来吃块蛋糕，这是我自己做的，我去拿点喝的来。"

接下来的场景在巴尔塔扎看来有些超现实，仿佛落入到一场梦境中，他感觉奥黛特把自己当成是一场调查结束时的马普尔[①]小姐：用一杯茶和几片饼干，把侦探小说里的人物都汇聚到一起，给他们解释事情的经过，并得出结论。

"巴尔塔扎·巴尔桑用他的书给我带来很多很多，我从来没想过能够回报他，直到一个特殊的情况下，几星期前他来我家里躲了几天。他很快就会回巴黎去的，因为以他的年纪和名声，

_____

① 阿加莎·克里斯蒂笔下的女侦探。

是不可能在沙勒罗瓦开始新生活的。但他不敢回去，因为他感到羞愧，尤其是感到害怕。"

她转向伊莎贝尔，后者显然对"害怕"这个词有点敏感。

"他怕您，夫人！为什么？因为您对他不再足够欣赏，您应该为您丈夫感到自豪：他让成千上万的人感到幸福。也许那些人中有小秘书，有微不足道的小职员，就像我这样的！他是多么让我们着迷，让我们激动。我们读书不多，不像你们那么有文化，这恰好说明他比别人更有才华，多得多的才华！您知道吗，夫人，像奥拉夫·平斯，也许他是写了一些了不起的书，可是我需要一本字典和一管阿司匹林才能去弄明白他在说些什么。那是个贵族，只写给那些和他看过一样多书的人看。"

她递给出版商一杯茶，愤怒地看了他一眼说："而您呢，先生，在巴黎那些人对他辱骂和嘲笑时，您应该更好地保护您的作者。当我们有运气和这样的珍宝合作，要照应好才对。要不，您就换职业吧，先生！尝尝我的柠檬蛋糕吧，是我特地做的！"

出版商有点发懵，老老实实拿了一块蛋糕。奥黛特又转向伊莎贝尔·巴尔桑："您以为他不爱您？或不再爱您了？也许他也是这么想的……但我却注意到一件事：您的照片，他一直把您的照片带在身边。"

伊莎贝尔被奥黛特的坦率触动，低下头诚恳地说："他无数次背叛我……"

"噢，如果您认为一个男人不该到别处去调调情，用鼻子嗅嗅，那您不能要一个男人，要一条狗吧，而且要用链条把它拴在狗窝里。我深爱的，并且二十年后依然深爱的安托万，我也怀疑他的爪子伸向过其他女人，也许更漂亮，或者仅仅是为了换换口味。但这并不妨碍他是在我怀里死去的，在我怀里，看着我。这是我永远的礼物……"

她顿了一下控制自己突如其来的激动情绪，努力继续道："巴尔塔扎·巴尔桑会回到您身边的。我尽了最大努力使他振作起来，让他恢复元气，重新微笑，重新开怀大笑。说实话，像这样的男人，这么善良、这么有才、这么笨手笨脚、这么宽厚的男人，我们不可能让他们消沉下去。我，两天后我会回沙勒罗瓦，回我的店里。我可不希望我的作品打水漂……"

巴尔塔扎痛苦地看着奥黛特当众把他们的爱情故事撕得粉碎。他怨恨她，恨她把这一切强加给他。他感觉她的话有点语无伦次、失去理智、疯疯癫癫。同时他又感觉没必要反驳，既然她已如此宣告，她是不会松口的。

在动身前，他与伊莎贝尔在沙丘中一起散步，他们都不相信还能继续共同生活下去。但是为了法郎索瓦，他们决定还是试一试。在返回渔民家的路上，他们看到一辆救护车呼啸而过。奥黛特刚刚心脏病发作。

当她命悬一线时，所有人都留在布利肯布莱克医院，直到急救中心确认她没有生命危险，出版商、伊莎贝尔和他儿子才动身回巴黎。

巴尔塔扎安排好续租度假别墅，照顾吕迪和苏-埃兰，和他们约定向他们母亲隐瞒他留在这里的事，等过几天她好一点了再告诉她。

每天他把孩子们带到医院，然后在绿化带的长椅上等着。一些穿着睡袍的老奶奶和擎着输液吊瓶的病人在花园里走来走去。

奥黛特终于恢复了一点力气，有了血色，神志清醒后，惊讶地发现有人把安托万的照片放在床头柜。

"这是谁做的？"孩子们承认是巴尔塔扎的主意，而且他一直留在布利肯布莱克，像一位父亲一样照顾他们。

他们的母亲一激动，心电监护仪就开始狂鸣，绿色的心电图波随着心跳加剧乱舞。孩子们明白巴尔塔扎让他们等她康复后再告诉她是很有道理的，并且怀疑她的第一次发作就是因为她想把巴尔塔扎赶走，而她的心脏不能忍受这个。

第二天，巴尔塔扎来到奥黛特的病房，激动得仿佛只有十五岁。他给她带来两束花。

"为什么是两束？"

"一束是我的，另一束是安托万的。"

"安托万？"

巴尔塔扎坐在床边，指着她丈夫的照片柔声说："安托万和我，我们成了好兄弟，他接纳了我，他认为我对你的爱足以得到他的尊重。当你心脏病发作时，他承认他有点高兴得太早了，以为你就要去和他团聚。然后他自责有如此自私的想法。现在他对你和孩子们放心了，你们会过得更好。"

"他还对你说了什么？"

"你听了会不高兴的……"

他很一本正经地凑近奥黛特，喃喃道："他把你托付给了我……"

奥黛特显然有些激动，无声哭泣起来，被深深感动。不过她还是假装开玩笑道："他怎么不问问我的意见？"

"安托万？不，他认为你是榆木脑袋。"

他凑得更近，用一种无法阻挡的温柔补充道："我回答他……我同意他的看法。"

　　他们终于吻在一起了。

　　心电监护仪马上又开始颤动，警报声大作，传呼救护人员，因为有一颗心脏跳得太厉害了。

　　巴尔塔扎挪开了他的嘴唇，看着奥黛特低声说："镇静，奥黛特，镇静。"

世界上最美丽的书 一

Le plus beau livre de monde

她们看见奥尔加进来时闪过了一丝希望。

其实，奥尔加看上去并不特别和善。身材生硬高瘦，颧骨和肘部突出，包裹在一层黯淡无光的皮肤里，一开始对牢房里的女人们一眼都不看。她坐到分配给她的铺位上，把自己的东西一点点放到木箱子底部，听着女看守对她吼这里的规矩，仿佛她在大声念摩尔斯密码。只在人家指给她看盥洗地方时，她才转过头。看守走后她仰面躺下，手指握得嘎嘎响，然后盯着黑乎乎的天花板出神。

"你们看到她的头发没有？"塔蒂亚娜嘟哝道。

女犯们不明白塔蒂亚娜什么意思。

新囚犯顶着一头乱蓬蓬浓密粗硬的头发，几乎有她的脑袋两倍大。那模样、那架势倒像是非洲人特有……不过，尽管奥尔加面色灰暗，脸上可没有任何非洲人的痕迹，她应该来自苏联的某个城市，因为她今天落到了西伯利亚关押女犯的劳教营，那是当权者惩罚不符合正统派思想的人的地方。

"那些头发，怎么了？"

"这是个哥萨克，我认为。"

"你说得对，哥萨克人有时会有一头稻草样的头发。"

"这些头发太吓人了，对吧。"

"噢，不！它们棒极了。我的头发又平又细，我做梦都想有那样的头发呢。"

"我宁可死掉也不要，就像野兽的鬃毛。"

"不，像私处长的毛！"

丽丽最后这句话引起一阵窃笑，但马上被打断。

塔蒂亚娜皱起眉头示意大家闭嘴："这些头发或许能帮我们解决问题。"

尽管塔蒂亚娜和大家一样，只是个囚犯，但被看作头领。为了取悦她，她们努力关注起刚才没注意到的问题：这个陌生女人的头发对她们这种被强制劳改的政治犯生活，能带来什么解决办法呢？这天晚上，一层厚厚的大雪覆盖了劳改营，狂风试图吹灭油灯，光亮照不见的地方一片昏暗。低至零下的温度也把她们冻得比较迟钝。

"你的意思是……"

"对，我的意思是这样一团蓬发中可以藏点什么。"

她们很崇敬地沉默了一会儿。其中一位终于猜测道："她完全可以带……"

"对！"

丽丽是个温和的金发女郎，尽管经历了艰苦劳作、恶劣气候和营养不良，她看上去仍像一个保养得不错的女人。她小心翼翼地怀疑道："那也要她想得到呀……"

"为什么想不到？"

"嗯，要是我，我来这里之前，永远也不会想到。"

"就是啊，我说的是她不是你。"

知道塔蒂亚娜总是比别人多点见识，丽丽放弃表示她的不快，转而缝起羊毛裙的褶边来。

大伙听着窗外呼啸的寒风。

塔蒂亚娜离开同伴，走向过道，凑近新来这位的床边，在她脚边站了一会，等着她对自己的到来有所表示。

油灯的火苗奄奄一息。

几分钟过去了，对方没有任何反应，塔蒂亚娜决定打破沉默："你叫什么？"

一个低沉的声音回答道："奥尔加。"嘴唇似乎都没有动一下。

"你为什么被关到这里？"

奥尔加的脸上没有任何表情，像涂了一层蜡。

"我猜你和我们大家一样，曾经是斯大林最喜欢的情人，现在被抛弃了。"

她以为说了一句调侃的话，这是一句迎接反叛斯大林统治的人来到这里时的保留用语，但这句话对这个陌生女人就像是小石子扔到冰面上。

"我叫塔蒂亚娜，你要我给你介绍其他人吗？"

"我们有的是时间，不是么？"

"当然我们有时间……我们要在这鬼地方待上几个月，几年，也许会死在这里……"

"所以我们有的是时间。"

最后，奥尔加闭上眼睛转身对着墙壁，只把瘦瘦的肩膀甩给对方。

塔蒂亚娜明白再也问不出什么名堂，就回到同伴中。

"这是个强硬分子…这样更可靠，我们有希望得到……"

她们点头赞同（丽丽也是），决定等待一段时间。

接下来的几个星期里，新来的女人每天说话不超过一句，而且还要从她嘴里硬抠出来。她的这番样子倒让最老的囚犯们感觉更有希望。

"我敢肯定她想得到，"丽丽最后说。她每个小时都更加相信一点，最后就确信无疑了。

白天也没有晴亮多少，浓雾使天色灰蒙蒙的。雾刚散去，浓密的乌云便笼罩田野，就像大兵压境。

因为没人能赢得奥尔加的信任，她们就想洗一场淋浴便可知新来的这位是否藏了……但天气这么寒冷，谁都不愿意脱衣服，没有足够的暖气，没法擦身，她们就是最低限度地随便梳洗一下。一个雨天的早晨，她们发现奥尔加的头发浓密到水珠只是从发丝滑落，竟然没有钻到里面去，她的头发简直密不透风。

"算了，只能冒险一搏了。"塔蒂亚娜判断道。

"直接问她？"

"不，给她看看。"

"想想看如果这是一个奸细呢？是人家派来刺探我们的呢？"

"不，她看着不像。"塔蒂亚娜说。

"是，一点都不像。"丽丽扯着手中的针线附和道。

"不，她像！假装狂野、强硬、哑巴，不和任何人套近乎，不正是赢得我们信任的最好办法？"

伊丽娜大声说着自己的推断，把别的女人说得一愣，她自己也吃了一惊，并对自己的结论所带来的效果感到惊讶，她继续道：

"我想如果有人派我到一个女犯牢房里去刺探什么，没有比这更好的办法了。做个沉默的人，独来独往，然后随着时间推移，获取机密。这是比向别人示好更狡猾的办法，不是吗？也许我们中间就潜伏着一个最大的苏联间谍。"

丽丽突然被说服，一不小心把缝衣针扎进手指，一滴血涌出，她害怕地看着："我要换营房，快！"

塔蒂亚娜插话道："推理得不错，但这仅仅是个猜测。我，我的直觉告诉我正相反，我们可以信任她，她和我们是同类，甚至比我们还坚定。"

"再等等，如果我们被逮住……"

"对，你说得对，再等等，尤其要把她逼到底，别再和她说话。如果她是安插的奸细，她会慌乱，然后试着接近我们。只要她稍稍跨出一步，我们就能看穿她的伎俩。"

"分析得对，"伊丽娜赞同道，"别理她，然后观察她的反应。"

"这太可怕了。"丽丽一边吮吸着她的伤口一边叹息道。

整整十天，13号营房的女囚们没一个人同奥尔加说话。奥尔加一开始似乎并没在意，随后当她意识到这点后，她的眼神变得更加冷峻，简直像石头一样。但她并未采取任何行动要打破这沉默的坚冰，她接受被孤立。

吃过饭后女人们围着塔蒂亚娜。

"事实摆在那，不是么？她并没有崩溃。"

"是，这真是太吓人了……"

"哦，你，丽丽，什么都吓人……"

"必须承认这可是像噩梦：明知道被一个团体抛弃，却连眼皮都不动一动！简直不是人能做到的……我想，她到底有没有心肠啊，这个奥尔加。"

"谁告诉你她不为此痛苦？"

丽丽停下手中的针线活，把针别到最厚的那块布上。连她自己都没想到，泪水涌上了眼眶。

"我们让她忍受痛苦了？"

"我想她来这里的时候就很痛苦，现在更加痛苦了。"

"可怜的人！都是我们的错……"

"我倒是觉得我们能指望她。"

"对，你说得对，"丽丽用袖子擦着眼泪说，"快点信任她吧。一想到她和我们一样是个劳改犯，而我们还要在她的痛苦里雪上加霜，让她过非人的生活，我心里就难受得要死。"

经过几分钟的商讨之后，女人们决定冒险向她和盘托出她们的计划。塔蒂亚娜将去同她谈谈。

劳改营随后陷入沉睡中：外面的冰结得厚厚的，几只小松鼠在营房之间的雪地上偷偷蹿过，发出悉悉窣窣的响声。

奥尔加左手捏着一块陈面包，另一只手拿着空饭盒。

塔蒂亚娜走近她。

"你知道你有权每两天得到一包香烟吗？"

"你看我早就知道，我把它们都抽了！"

这回答从奥尔加嘴里蹦出，有力、急促，一个星期的沉默加快了音节出来时的速度。

塔蒂亚娜注意到，尽管语气生硬，但奥尔加话比之前多了一点，她还是需要人与人之间的联系的……塔蒂亚娜感觉可以继续："既然你什么都注意到了，那你肯定也注意到我们中间谁都没抽烟，或者我们只在看守面前稍微抽一点。"

"嗯……是，不，你想说什么呢？"

"你没想过问问我们拿香烟来做什么？"

"哦，我知道了，你们用来换东西，香烟是这个劳改营里的货币。你想卖给我？我可没钱付你……"

"你搞错了。"

"如果不是用钱来买，那用什么来买？"

奥尔加狐疑地看着塔蒂亚娜，仿佛她将要发现的一定是件会让她很恶心的事情。塔蒂亚娜等了一会儿回答她道："我们不卖我们的香烟，也不用来交换，我们用它们派的用场与抽烟无关。"

因为感觉勾起了奥尔加的好奇心，塔蒂亚娜停下话头，如果对方来找她继续话题，那她将处在有利位置。

当天晚上，奥尔加找到塔蒂亚娜，盯着她看了好长时间，仿佛在期待她打破沉默。但是没有用，塔蒂亚娜对她来了个一报还一报。

最后奥尔加终于忍不住了。

"好吧，那你们用香烟派什么用场呢？"

塔蒂亚娜转向她，迎着她的目光说："你有没有把你所爱的人扔下不管呢？"

作为回答，一阵痛苦的表情从奥尔加脸上闪过。

"我们也是这样，"塔蒂亚娜继续道，"我们想念我们的男人，但我们为什么要替他们担心胜过担心自己？他们在另一个劳改营。不，最让我们放心不下的，是孩子……"

塔蒂亚娜的声音有些哽咽，两个女儿的模样浮现在脑海。为了安慰她，奥尔加把手放到她肩膀上，那是一双男人般的手。

"我理解，塔蒂亚娜，我自己也有一个女儿。还好，她已经二十一岁了。"

"我的八岁和十岁……"

她努力忍住眼泪，有些说不下去。况且，她还能再说什么呢？

奥尔加有力的手把塔蒂亚娜揽到自己肩上，而作为这群人首领的塔蒂亚娜，永远叛逆坚强的塔蒂亚娜，因为觉得奥尔加比她还坚强，所以在一个陌生人的怀里哭了一会儿。

当情绪稍为平复后，塔蒂亚娜回到刚才的思路。

"我们把香烟这样派用场：我们把烟丝掏空，留下卷烟纸，然后把那些纸一张张粘起来，最后得到一张真正的纸。来，我给你看。"

她掀起一块床板，从藏着的一堆土豆下找出一沓脆脆的，由薄薄的卷烟纸拼接粘贴成的纸片，挺像不知哪次荒谬的考古在西伯利亚发现的千年莎草纸。她小心翼翼地把这些纸放到奥尔加腿上。

"是这样的，总有一天，我们中间总会有人出去……她可以带出我们的消息。"

"嗯。"

"那么你可能猜到了，我们碰到一个问题。"

"是，我看到了，这些纸是空白的。"

"正反两面都是空白的，因为我们没有笔也没有墨水。我试过用丽丽的针刺破手指用血写，但是消退得太快了，再说我凝血很慢，因为营养不良，血小板有问题。我也不想去医务室，以免引起怀疑。"

"你为什么要和我说这些？这和我有什么关系？"

"我猜，你也想给你女儿写点什么？"

奥尔加停顿了大概有一分钟，然后生涩地答道："是。"

"那么这样，我们给你提供纸张，你给我们提供铅笔。"

"为什么你会认为我有铅笔呢？这是他们逮捕我们时首先没收的东西。我们在被关押到这里来之前，已经被搜过好几遍了。"

"你的头发……"

塔蒂亚娜指着奥尔加冷峻面孔上方那圈浓密的头发，强调道："当我看见你进来时，我就在想……"

奥尔加用手势打断她并第一次露出了笑容。

"你说得没错。"

在塔蒂亚娜直勾勾眼神的注视下，她的手伸到耳朵后，在发卷里摸索了一会，两眼放光，从里面掏出一支细细的铅笔，递给她的难友。

"成交！"

很难形容以后这几天这种温暖了女人们心扉的喜悦。就是这截小小的铅笔，这是她们的心，是她们和往日世界的纽带，让她们有可能去拥抱自己失而复得的孩子，让被囚禁的滋味好过一点，内疚感也少一点。因为她们中有些人很后悔把政治斗争放到了家庭生活之上。现在她们被流放到遥远的古拉格，却把自己的孩子留给她们鄙视并为之抗争的社会。她们无法不后悔自己的激进行为；怀疑自己逃避职责，是不合格的母亲；当时是否该像那么多其他苏联人那样，闭上嘴巴，退身于家庭责任中，苟全自己也保护家人，而不是为了所有人去战斗？

虽说每个囚犯很高兴自己有几页纸，但铅笔只有一支。经过几次商量后，她们决定每个女人有权写三页纸，然后装订成册，一有机会就带出去。

她们还定了第二条规矩：为了节省铅笔，每个人必须强迫自己一遍写成不能做涂改。

如果说当天晚上这个决定让大家兴奋不已，那么剩下的日子却备受折磨。必须把想说的话浓缩到三页纸上，每个人都很痛苦：把一切付诸在三页纸上……怎样写出最主要的呢？怎样才能把她们的一生镌刻在三张遗嘱般的纸片上，向她们的孩子传递自己的灵魂、自己的价值观，永远向他们揭示出自己在这片土地上活过的意义呢？

这种练习演变成一种折磨。每天晚上从床铺上传来抽泣声，有人失眠，有人在睡梦中呻吟。

在强制劳动的间隙，只要有可能，她们就尝试相互交流。

"我，我要向女儿解释为什么我会在这里而不是在她身边。让她理解我，也许她会原谅我。"

"三页纸的愧疚就为了加上一点问心无愧，你真觉得这是个好主意吗？"

"我，我要告诉女儿我是如何遇到她父亲的，让她知道她就是爱情的结晶。"

"哦，是吗？她肯定会自问，你这个爱的故事为什么没有和她继续下去？"

"我，我很想告诉三个女儿我分娩的时刻，是我生命中最美妙的时刻。"

"有点短，不是么？你不觉得她们会责备你，对她们的记忆只停留在这么短暂的一刻？最好还是与她们谈谈后来的事。”

“我，我想告诉她们我打算替她们做的事。”

“嗯……”

讨论时她们注意到一个奇怪的细节，她们所有人生的都是女儿，这种巧合让她们觉得有趣，然后又感觉吃惊。她们思忖是不是当局故意把只有女儿的母亲们都集中在 13 号营房？不过这点节外生枝并不能打消她们的受难：到底写点什么呢？

每天晚上，奥尔加挥着铅笔问大伙说：“谁愿意开始写？”

每天晚上都是冗长的沉默，时间就像岩洞的水滴形成钟乳石一样漫长。女人们低着头，等待其中的一个突然喊道“我来”，好暂时缓解一点她们的困扰。但几声咳嗽和相互瞟儿眼后，最有勇气的人最后也只是回答说，还要再想一下。

“我正在盘算怎么写……也许明天……”

“我也是，我已经想好了一点，但是很不确定……”

狂风肆虐或大雾弥漫的日子一天天过去，女囚们等这支铅笔等了整整两年，现在三个月过去了，却没人想要这支笔或愿意接受它。

因此，当有一个周日，奥尔加举起那支铅笔，照例问了一句后，丽丽高声答“我要，谢谢”时，怎能不让人意外？

她们吃惊地转向那个丰满的金发丽丽——她们中那个最没有头脑、最多愁善感、最不坚定，总之，应该说是最普通的女人。如果必须预测一下谁会带头在这些纸片上写字，丽丽肯定是最后被想到的。塔蒂亚娜会是第一个，也许是奥尔加，或者是伊丽娜……但是温柔平凡的丽丽？

塔蒂亚娜无法忍住自己的结巴："你……你肯定吗……丽丽？"

"是的，我肯定。"

"你不会写错、涂改……然后用坏这支笔吧？"

"不，我已经想好了，我写起来不会涂改。"

奥尔加将信将疑地把笔递给丽丽，在脱手的刹那，她与塔蒂亚娜对视了一眼，后者向她示意她们正在犯一个错误。

以后的几天里，每当丽丽躲一边写字时，13 号营房的其他女囚就盯着她，看她坐在地上，时而眼望天花板吸气，时而呼气用肩膀挡住写在纸上的字。

星期三，她满意地宣布道："我写完了，谁要铅笔？"

一阵窒息的沉默。

"谁要铅笔？"

没一个女人敢看着别人的脸。丽丽最后平静地说道："好吧，那我把它放回奥尔加的头发里，明天再说。"

丽丽把铅笔插回奥尔加浓密的头发时，奥尔加的喉咙口动了一下。

除了丽丽之外，那些不那么善良、心思复杂一点的女人，会注意到从此13号营房的女人带着嫉妒甚至一丝仇恨来琢磨丽丽。丽丽，那个有点傻乎乎的女人怎么就能做成别人做不到的事？

一周过去了，每天晚上每个女人都要重温一下自己的失败。

终于，接下来的那个星期三，半夜里那些呼吸声表明大多数女人已进入梦乡。塔蒂亚娜在辗转反侧翻来覆去之后，终于悄悄靠近丽丽的床。

这一位微笑着望着天花板。

"丽丽，求你了，能不能告诉我你写了什么？"

"当然，塔蒂亚娜，你想看吗？"

"是。"

她怎么看呢？已经熄灯了。

塔蒂亚娜佝偻在窗口边。蜘蛛网后面，满弦的月亮把纯净的雪地映照成蓝色。塔蒂亚娜伸直脖子终于勉强看完了三页纸。

丽丽凑上去，像小女孩做错事那样怯生生问道："哎，你觉得怎么样？"

"丽丽，你简直太棒了！"

塔蒂亚娜搂住丽丽并在她胖嘟嘟的脸颊上亲了好几下。

第二天，塔蒂亚娜向丽丽提出两个请求：允许自己学习丽丽的榜样，允许她把这件事讲给别的女人听。

丽丽垂下眼睑，脸上泛起红晕，仿佛是有人给她献上了玫瑰花。她嘟嘟哝哝从喉咙口挤出一句话，那意思就是，好的。

尾声

莫斯科，2005 年 12 月

这件事发生后五十年过去了。

写下这篇小说的那个男人访问莫斯科。苏联政权已经垮台，再也没有劳改营，但这不意味着世上的不平之事就此消失。

在法国领事馆的客厅里，我碰到多年来一直演出我的剧本的艺术家们。

他们中间有一位六十来岁的女士亲切地拉住我的胳膊，态度中混杂了一点随性和尊重。她的笑容中洋溢着善意，褐色的瞳孔让人无法拒绝……我跟着她来到大厅的落地窗前，从那里可以俯瞰莫斯科璀璨的夜景。

"您想看看世界上最美丽的书吗？"

"我还心存希望要写出这样一本书，您现在却告诉我这已经太晚了，您简直是杀了我。您敢肯定这是世上最美丽的书吗？"

"当然，即使其他人也能写出美丽的书，但这一本是最美丽的。"

我们在全世界所有大使馆都能见到的那种靠着护壁板、过于宽大过于陈旧的沙发上坐下。

她给我讲了她母亲的故事。丽丽，在劳改营度过的那几年，还有那些与她共患难的女人们的故事，就是我刚刚讲给你们听的有关书的故事。

"是我保存了这本小册子，因为我母亲是第一个离开13号劳改营的，她把书缝在裙子里成功地带了出来。我母亲去世了，其他人也去世了，但那些难友们的女儿还时不时来翻翻这本书：我们一起喝茶，谈谈我们的母亲，然后我们重读这本书。她们委托我保管这本书，但当我不在世后，我不知道这书会去哪里。有没有一家博物馆可以收藏这本书？我不确定。然而这是一本世界上最美丽的书，我们母亲们的书。"

她把脸凑近我，仿佛要亲吻我的样子，然后向我眨眨眼睛说："您要看看这本书吗？"

我们约好了时间。

第二天我走上她和姐姐及两个表妹合住公寓的宽大楼梯。

桌子中央，在茶和油酥点心之间，那本书在等着我。一本纸张脆弱的小册子，历经几十年的岁月，这些纸页愈加易碎。

女主人把我安顿在一把陈旧的扶手椅中，我开始阅读这本世界上最美丽的书——由那些为自由而战、并被斯大林视为危险分子的 13 号劳改营的女战士们所写之书。每人三页，写给她们的女儿，因为她们担心再也见不到自己的孩子。

书的每页纸上都写着一道菜谱。

后 记

这其实是一本被禁止写作的书。

一年前有人提供给我拍一部电影的机会。因为我必须艰苦学习，为拍电影做准备，学习使用画面语言、构图、声音、剪辑等，我不允许自己写作。随后，在开拍的前夜，人家递给我一纸合同，禁止我滑雪和参加一切剧烈的体育运动。我在签字画押时，人家还让我明白，我最好也别写作，反正我也不会有时间。

这大大地刺激到了我。

所以在拍摄和剪辑期间，我利用极少数的空闲时间，躲开团队，早晨吃早餐时伏在桌子一角创作，晚上回宾馆在房间里继续，写下这些在我脑子里酝酿已久的故事。我重新体验到了秘密写作的乐趣，就如少年时代在纸上涂鸦时那种亦真亦幻的快乐。

通常，是先有小说再改编成电影。这次则相反，不但是拍电影的契机催生了我这几篇小说，而且在拍摄一结束，我再次反其道而行之，决定把原创电影改编成一篇小说。

电影叫《我们都是奥黛特》，小说也是。但无论是谁，只要对电影和文学感兴趣，并了解这两种表现形式，都会注意到它们之间的差异。我力求用两种语言、用不同的方式讲述同一个故事，这里是用文字，银幕上是用影像。

2006 年 8 月 15 日

译后记

　　埃里克-埃马纽埃尔·施米特对我来说并不陌生。十年前我第一次把他那本感动了无数人的《奥斯卡与玫瑰夫人》译介到中国，随后陆续翻译了他的《诺亚的孩子》《我们都是奥黛特》《纪念天使协奏曲》《火夜》等。二十年来，他几乎以每年一部的速度推出新书，一如既往地受欢迎，一如既往地被译介到全世界。他诸多很久前发表的小说还在再版，戏剧不断上演。有价值的作品经得起时间和空间的考验。

　　2008 年，我翻译出版了他的小说集《我们都是奥黛特》，如今中信出版社慧眼识珠，集中再版施米特的一系列经典作品。在阅读和翻译过原作者更多的小说，在对他的写作背景有更深入了解，在对其作品有更深层次的理解后，能有机会修订多年前的译稿，使之更接近原作精髓，作为译者，是一件多么令人欣慰的事。

　　埃里克-埃马纽埃尔·施米特是一位深具人文关怀和悲悯情怀的作家，他出生于 1960 年，毕业于有"哲学家摇篮"之称的巴黎高等师范学院，获哲学博士学位。他曾做过哲学讲师，同时创作剧本，并逐渐引起人们的关注。他的关于弗洛伊德与上帝之间对话的《来访者》在1994年获得三项莫里哀戏剧大奖。成名之后，施米特辞去教职，专事写作。到目前为止他已出版了包括长篇小说、中篇小说、自传、剧本、绘本、音乐评论等四五十部作品。他的作品几乎部部畅销，使他跻身当代用法语写作作家中读者最多和被改编最多的作家之列。其作品被译成四十多种语言，戏剧在五十多个国家上演。由他首次执导的同名电影《我们都是奥黛特》也获得了巨大成功，他最具代表性的作品《奥斯卡与玫瑰夫人》也由他执导拍摄，在欧美公映。

可能与他的教育背景有关，与一般畅销书作家不同的是，无论他的戏剧，小说，还是电影，都充满了对生命、对宗教、对人性的追问，使他的作品有着深刻的哲学内涵。正如《鼠疫》的作者加缪认为的那样，一位文学家必须同时是哲学家。这种将文学和哲学融会起来的传统，正是法兰西哲学和文学的独特魅力，施米特显然秉承了这种传统。

纵观施米特的所有作品，有一个共同特点，那就是充满爱与平和，即便是一些悲剧性的题材，他也能处理得既无奉承，也无夸张，也无绝望，就如我们所见本书中的八个故事，八位女主人公（最后一篇例外）复杂的个性，不同的境遇。施米特不去评判她们，他用一种细腻、敏感、充满温情的笔触，向我们展示她们的内心世界：她们的无助、她们的成功和失败、她们追寻幸福的种种历程。

人们一直很好奇是什么奇迹让他做到如此？在保守了二十五年的秘密后，施米特终于在他的自传体小说《火夜》中承认，他曾经在撒哈拉大沙漠迷路，在濒临绝境而几近等死的那个夜晚，遭遇了神迹。那非凡的一夜，对他后来的写作产生了极大的影响。我在翻译了他的《火夜》之后，回过头再来阅读他的其他作品，有一种恍然大悟之感。

这本《我们都是奥黛特》是他在拍摄同名电影过程中见缝插针利用零星时间写下的，但故事却在他脑子里酝酿了很久。作者用《我们都是奥黛特》做书名，这篇小说也是这本集子中篇幅相对最长、倾注作者最多情感的一篇：一名卑微的女售货员与巴黎一位著名畅销书作家之间不可思议的动人爱情。故事的灵感来自作者亲身经历的一件小事：有一天他在波罗的海，遇上自己的生日，独自一人，所以有些忧伤。一位穿着节日盛装的妇女走近他，递给他一封饰有花环和天使图案的信，里面有一颗用海绵剪成的火红的心。他有些不安，觉得自己是否值得女读者用这种态度对待他。一小时后他在旅馆房间里打开信，信写得出奇的好。他抱着那颗海绵的心睡了一晚上。

书中女主人公奥黛特姓杜勒蒙德（Toulemonde），这是法国北方和比利时常见的一个姓，但发音和法语中的"大家，每个人"（tout le monde）一模一样。作者给女主人公取这样一个名字，一来出于文字游戏上的幽默；二来，奥黛特正是一位能给所有人带来启迪的女士。"奥黛特有一种天分，那就是快乐。在她内心最深处，肯定有一个爵士乐队循环演奏着动人的旋律和纷杂的小曲。没什么困难能把她击倒，面对问题，她寻找解决办法。因为谦卑和简朴构成了她的性格，所以任何时候她都觉得自己过得不能更好了，也就很少感到泄气。"这是作者勾勒的奥黛特的形象。

在这篇小说中，作者还趁机抨击了文学评论界对畅销书或大众作家的诋毁和嘲笑。这些作家的慷慨给那些把他们的作品当成救生圈的读者带来多少安慰啊。他本人肯定也遭受过类似的批评，但施米特用足够的勇气和实力证明，用美好的情感写作，也可以是"真正"的文学。与他以前的作品一样，这本书的意义在别处，在于他一直感兴趣的母题：生活给予我们的恩泽，生活带给我们的力量和救赎。生活从来不是被预设的，生活的恩惠也从来不会在我们等待的地方降临。

因此他并不是单纯地文以载道，他独特的构思和驾驭语言的能力，使他的作品在具有思想性的同时，又扣人心弦。比如《偷偷潜入的女人》，那种悬念，读者要到小说最后才恍然大悟。比如《赤脚公主》《世界上最美丽的书》的结尾，是那么出人意料，意料之外却让人深深感动。

在作品的艺术性与畅销之间达到一种美妙平衡，无疑是埃里克-埃马纽埃尔·施米特的最成功之处。

译者

2009 年 3 月于上海

2017 年 4 月修订